Estudiant Submisa i a

Erika Sanders

Sèrie

Dominació i submissió eròtica

Imatge portada: @ Engin Akyurt - Pixaba i, 2023

Primera edició: 2023

Sinopsi

Aquest llibre consta de les següents històries:

Estudiant Submisa

Doctora molt comprensiva

A l'oficina

Estudiant Submisa és una novel·la de fort contingut eròtic BDSM i, alhora, una nova novel·la pertanyent a la col·lecció Dominació i submissió eròtica, una sèrie de novel·les d'alt contingut BDSM romàntic i eròtic.

(Tots els personatges tenen 18 anys o més)

Nota sobre l'autora:

Erika Sanders és una coneguda escriptora a nivell internacional, traduïda a més de vint idiomes, que signa els seus escrits més eròtics, allunyats de la seva prosa habitual, amb el nom de soltera.

Índex:

Sinopsi
Nota sobre l'autora:
Índex:
ESTUDIANT SUBMISA I ALTRES HISTÒRIES ERIKA SANDERS
ESTUDIANT SUBMISA
PRIMERA PART CARTA DE RECOMANACIÓ
CAPÍTOL I
CAPÍTOL II
CAPÍTOL III
SEGONA PART ESTUDIANT DECIDIDA
CAPÍTOL I
CAPÍTOL II
CAPÍTOL III
TERCERA PART PART INFERIOR ENVERMELLADA
CAPÍTOL I
CAPÍTOL II
CAPÍTOL III
QUARTA PART MÉS ENLLÀ DEL ACORDAT
DOCTORA MOLT COMPRESSIVA
A L'OFICINA
FI

ESTUDIANT SUBMISA I ALTRES HISTÒRIES
ERIKA SANDERS

ESTUDIANT SUBMISA

PRIMERA PART
CARTA DE RECOMANACIÓ

CAPÍTOL I

Cynthia va seure fora de l'oficina del professor.

S'acostaven els exàmens finals, cosa que significava que el professor estaria ocupat reunint-se amb els estudiants.

Va esperar com a mínim vint minuts mentre la porta del professor seguia tancada.

Estava una mica nerviosa esperant aquest professor que era el típicament sever.

Quan es va obrir la porta, va veure el professor parlant amb un altre estudiant, que s'estava preparant per anar-se'n.

Cynthia es va posar dreta quan l'altre estudiant se'n va anar, i el professor va dirigir la seva atenció cap a ella.

Era un home alt i ben vestit, casat i uns cinquanta anys.

"Cynthia, m'alegro de veure't", va dir. "Tens una cita?"

"No. Ho sento, professor. Això és una mica d'últim moment".

"Estic segur que coneixes la meva política respecte a les reunions. Espero que es concerti una cita primer, en cas contrari sempre hi hauria una llarga fila davant de la meva porta".

Ella va respirar profund buscant reunir-se de confiança.

"M'adono d'això. Però no hi ha ningú aquí ara. Estic segura que en pot fer una excepció".

"Bé. Només perquè ets una estudiant molt treballadora. Entra".

Ell va mostrar un somriure estrany i li va indicar que entrés a la seva oficina, després va tancar la porta.

El professor es va asseure darrere del seu escriptori i Cynthia es va asseure davant seu.

"En què puc ajudar-te?" va preguntar, posant-se còmode al seu seient.

"Bé, darrerament he estat pensant molt i he decidit sol·licitar l'accés a la facultat de dret per a l'any que ve. Ja vaig prendre el curs d'accés i vaig aconseguir obtenir una puntuació alta. La meva mitjana també està per sobre d'una B+".

Ell va assentir.

"Una elecció interessant. Crec que ho faràs molt bé a la facultat de dret. No és fàcil, però certament tens la personalitat i el cervell per fer-ho".

"Gràcies", va somriure.

"Suposo que vols una carta de recomanació meva".

"Per això sóc aquí. És vostè el primer professor a qui he preguntat, i realment espero que ho faci per mi".

"Llavors, sóc la teva primera opció? Per què? Tinc curiositat".

Cynthia es va sentir una mica intimidada.

"Bé, té una gran reputació en aquesta universitat. I també és el cap de departament, cosa que crec que es veurà bé a la meva sol·licitud".

"També tinc connexions amb les millors escoles de dret. Sabies això?"

Ella va assentir tímidament.

"Ho sabia. Vull dir, ho vaig sentir d'altres estudiants. Però no estava segura de si era veritat o no".

"Tinc amics propers que formen part del comitè d'admissions a algunes de les millors escoles de dret. Per tant, les meves cartes de recomanació són molt útils".

"Consideraria escriure una carta per a mi?" ella va preguntar en un to tímid.

"No puc", va respondre sense embuts. "Desafortunadament, arribes massa tard".

"Per què? La data límit per a les sol·licituds de les escoles de dret és el principi del proper any".

"Cert. Però només escric dues cartes de recomanació al final de cada semestre. És una política personal meva. En cas contrari, hauria d'escriure cartes per a tots. En aquell moment, les meves recomanacions serien inútils, ja que qualsevol estudiant meu en podria aconseguir una. Això té sentit per a tu, Cynthia?

"Ho té."

"Si haguessis vingut abans, llavors ho hauria fet per tu. Ets una de les estudiants més capaces que he tingut els últims anys. I això significa molt, ja que aquesta universitat és plena d'estudiants superdotats". "

"Si creu que sóc una dels seus millors estudiants, per què no pot fer una excepció per a mi?" ella va suplicar.

"Ja t'ho vaig dir. La meva regla és dues recomanacions per semestre. Sempre segueixo les meves regles. En tots els meus anys d' ensenyament, mai n'he fet una excepció. Mai".

Ella breument va sostenir el seu cap cap avall, abans de recuperar les maneres.

"Entenc", va respondre ella, preparant-se per anar-se'n. "Gràcies pel seu temps, professor".

"Espera", va dir, aturant-la. "Saps que em retiraré aquest any, oi?"

"Sí, ho he sentit".

"Aquest serà el meu darrer ensenyament del semestre. Podria escriure't una carta de recomanació a principis del proper any, i podries presentar la teva sol·licitud a la facultat de dret abans de la data límit. Això estaria dins de les meves regles".

Cynthia va somriure.

"Això sona genial. Moltes gràcies, professor. Realment significa molt per a mi".

"No dic que ho faci. Estic dient que podria".

"Oh, llavors, què he de fer?"

"Primer, digues-me per què vols anar a l'escola de lleis. Quin és el teu objectiu final?"

Va pensar per un moment a compondre una bona resposta.

"Bé, sempre vaig voler una carrera en què pogués ser una gran defensora de les dones. Gairebé he acabat amb la meva especialitat en Estudis de Dones i Gènere. He pensat a ser periodista, on podria informar sobre diversos temes. Però els meus pares sempre em han animat a provar lleis. Ho he pensat tot el semestre, ja que estic a prop de graduar-me. Després de considerar-ho molt, he decidit que estudiar lleis és per a mi".

Ell va assentir.

"Certament has pensat molt en això".

"Sí senyor, ho he fet".

"Què passa amb els teus èxits acadèmics fins ara? Alguna cosa que hagi de saber?"

Va pensar per a si mateixa una altra vegada.

"Bé, he escrit diversos assajos en algunes de les meves classes que se centren en els drets de les dones, les dones de color i diversos problemes socials en aquest país i arreu del món. Vaig obtenir una A a tots ells".

"No és sorprenent. Em sembles una noia molt intel·ligent. M'agrada això de tu".

"Gràcies", ella es va posar vermell.

"Envia'm un correu electrònic amb tots aquests assajos que has esmentat. M'agradaria examinar-los abans de prendre la meva decisió".

"Per descomptat."

"Realment m'agrades, Cynthia", va dir. "Crec que ets immensament talentosa. Les dones com tu són el futur d'aquest país. Si em pots convèncer que tens veritable interès a canviar les coses, llavors jo em posaré en contacte personalment amb els meus amics a les millors escoles de dret, i faré tot el possible perquè entris. Com et sona tot això?"

"Això sona meravellós professor", va dir ella amb un somriure radiant. "Estic segura que us impressionarà el que tinc per oferir-vos".

"No en tinc dubtes. Ara, si em disculpes, tinc una cita programada en uns cinc minuts".

"Oh, és clar. Moltes gràcies".

Cynthia es va aixecar i gentilment va estrènyer la mà del professor mentre ell estava assegut darrere del seu escriptori.

Quan va sortir de l'oficina, va fer tot el possible per contenir la seva emoció.

CAPÍTOL II

Quan Cynthia va tornar al seu petit departament, va anar directament a l'habitació de la seva companya de cambra i va veure que la porta estava oberta de bat a bat.

Teresa estava ficat al llit al llit usant el seu ordinador portàtil per veure els últims llocs de xafarderies.

"A veure si ho endevines?" Cynthia va preguntar retòricament. "De fet t'ho diré directament. Va acceptar escriure una carta de recomanació per a mi. Pots creure-ho?"

Cynthia va entrar a l'habitació i es va asseure al llit de la seva companya de cambra.

"Que bé! Com va ser estar tot sol amb ell? Va ser incòmode? Aquest tipus és tan dur com el cul".

"Definitivament va ser intimidant, et puc dir això".

"I ell va acceptar escriure't una carta?" Teresa va preguntar. "He sentit tantes històries d'estudiants intel·ligents que són rebutjats per imbècils com ell".

"Ho vaig atrapar de bon humor em sembla", va arronsar les espatlles Cynthia. "Però serà un procés difícil. Vol parlar una mica més amb mi i després m'escriurà una carta l'any que ve".

"¿L'any que ve? He llegit que si postules d'hora a l'escola de dret, obtens un lleuger avantatge amb les admissions".

Cynthia va somriure.

"Ho sé. Però ell té connexions amb algunes de les millors escoles de dret. També va dir que estaria disposat a contactar- lo és personalment en nom meu, si el puc convèncer que s'ho mereixo".

"Oh, wow! Això és increïble".

Teresa es va inclinar cap endavant i li va fer una forta abraçada a la seva amiga.

"Gràcies."

"Com exactament el convenceràs? Aquest tipus no és fàcil de complaure".

Cynthia va arronsar les espatlles.

"Crec que li he de mostrar alguns assajos antics que he escrit. Va ser una mica vague sobre tot l'assumpte. Però estic molt segura de tot això. Crec que realment li agrada. Va dir moltes coses boniques."

"Bé, si algú mereix beneficiar-se de les connexions, ets tu".

"Gràcies. Mantinc els meus dits creuats. Només espero que no canviï d'opinió".

"Aquest seria el moviment d'imbècil més gran del món si canviés d'opinió", va respondre Teresa. "Encara que mai se sap, però. Però de cap manera no pot canviar d'opinió."

Cynthia va somriure.

"Tens raó. Però encara necessito impressionar-ho. Faré el que sigui necessari. Creu-me".

"Ja ho crec."

CAPÍTOL III

Era tard a la nit quan Cynthia ja havia acabat de revisar els seus vells arxius.

Ella havia organitzat tots els assajos més ben qualificats que havia escrit.

Després els va adjuntar a un fitxer.

També va donar els tocs finals a la feina final per a la classe del professor.

Ella va llegir l'article final diverses vegades per assegurar-se que fos perfecte.

Aquesta era la seva oportunitat d'impressionar l'home que potencialment tenia les claus del futur.

Va adjuntar tot en un correu electrònic i va escriure un missatge al professor:

"Hola Professor,

espero que us vagi bé. Moltes gràcies per reunir-se amb mi avui. Sé que és una persona extremadament ocupada. He adjuntat tots els assaigs que volia veure. Vaig obtenir A en tots ells.

També vaig adjuntar el meu projecte final per a la classe, que vaig completar abans d'hora. Espero que tot sigui satisfactori. Aviseu-me si necessita alguna cosa més de mi o si voleu reunir-se novament per discutir alguna cosa relacionada amb la carta de recomanació. Realment estima molt tot això.

Els meus millors desitjos,

Cynthia"

Va enviar el correu electrònic, i ella va sospirar alleujada.

Havia estat asseguda davant del seu ordinador durant diverses hores, amb molt poc descans, per enviar al professor els documents el més ràpid possible.

Amb el temps que li quedava abans del sopar, Cynthia va revisar les seves actualitzacions de Facebook per veure què hi havia de nou al cercle social.

Va arribar un correu electrònic entrant.

Era una resposta del professor:

"Ens veiem a la meva oficina. Dilluns a la nou del matí."

Cynthia estava una mica perplexa pel críptic i breu correu electrònic de resposta del professor.

Es va preguntar si ell fins i tot s'havia molestat a mirar algun dels documents adjunts, per la rapidesa amb què havia contestat, i si havia passat les últimes hores treballant molt dur debades.

En aquell moment, va rebre un altre correu electrònic.

Era una altra resposta del professor:

"Discutirem els termes de la carta de recomanació."

Aquest era el missatge que ella volia.

Ella va somriure per a si mateixa sabent que les connexions del professor amb les millors escoles de dret estaven al seu abast.

Anys de treball ardu finalment estaven donant els seus fruits.

Tot el que necessitava fer era fer allò que el professor volgués.

SEGONA PART
ESTUDIANT DECIDIDA

CAPÍTOL I

Dilluns.

D'hora al matí.

Cynthia esperava fora de l'oficina del professor amb un vestit semiformal.

Ella volia semblar sofisticada per al professor.

Ella volia demostrar que valia la pena.

Ell va arribar a les nou del matí exactament.

Sostenia una petita bossa de paper sense publicitat, i amb prou feines va mirar Cynthia quan ella es va aixecar per saludar-lo.

Es van donar la mà, després va obrir la porta de l'oficina i la va deixar entrar.

Després va tancar la porta.

La situació va ser una mica incòmoda mentre el professor preparava el seu escriptori i encenia el seu ordinador, mentre aparentment ignorava l'estudiant universitària que estava parada davant seu a la sala.

"Espero que hagi tingut un bon cap de setmana", va dir ella, trencant la tensió.

El professor es va asseure darrere del seu escriptori i Cynthia es va asseure davant seu.

"Vaig tenir un gran cap de setmana", va respondre. "La major part la vaig gastar classificant papers. Però també vaig tenir temps per a altres activitats. I tu?"

"Principalment treball escolar. He estat estudiant molt per als exàmens i escrivint documents per a altres classes".

Ell va assentir.

"Com hauria de ser".

"Parlant d'això, ha llegit els documents que li vaig enviar?"

"No, no ho he fet", va respondre ell sense embuts.

"Oh, vaig pensar que els necessitava..."

"No els miraré, Cynthia. No estic interessat a llegir els teus assajos per a altres classes. No tinc temps per això".

"Això vol dir que em donarà la recomanació sense haver de llegir-los?" ella va preguntar amb cautela.

"No", va respondre. "Encara has de guanyar-te-la".

"Què he de fer llavors?"

Ell la va mirar amb una mirada aguda.

"Ets una persona discreta, Cynthia?"

"Què vol dir?"

"Ets capaç de guardar un secret?"

"Sempre he estat una persona fiable. Per què?"

"Estic molt interessat en tu", va dir. “M'intrigues. Però hauràs de prometre'm que tot el que discutim seguirà sent confidencial. Pots fer això? Si tot això funciona, ho prometo, faré tot el possible per emportar-te a l'escola que vulguis. I sempre compleixo les meves promeses".

Cynthia va respirar fondo i va tractar de mantenir les maneres.

No estava segura de cap on es dirigia la conversa, però li agradava el resultat.

Ella volia la seva ajuda.

"Ho prometo. Tot el que discutim serà un secret".

Ell va assentir lentament.

"M'alegra sentir això."

"Puc preguntar de què es tracta? Encara no entenc el que vol de mi".

"Has pres tres dels meus cursos, correcte?"

"Així és."

"Sempre m'has intrigat", va dir. "Des del dia que ens vam conèixer, t'he trobat com una persona interessant. I sempre m'ha agradat llegir els teus assajos. De fet, per ser honest, de vegades segueixo llegint els teus assajos. Els teus pensaments sobre els drets de les dones i les llibertats sexuals de la dona són bastant profunds".

"Gràcies senyor".

"Tinc una tasca per a tu", va dir. "Està completament fora del temari. Ningú ho sabrà mai. Òbviament, és opcional. Però si ho fas, et donaré una A automàtica a la meva classe i t'ajudaré a ingressar a una escola de lleis de primer nivell."

Cynthia va assentir vacil·lant.

"Bé."

"És una tasca de lectura. Vull que llegeixis el material que t'assigni. I demà, vull que tornis a ser aquí a les nou del matí preparada per discutir-ho".

El professor va prendre la bossa de paper marró i la va col·locar sobre el seu escriptori, davant de Cynthia.

"De què es tracta la tasca de lectura?" ella va preguntar, perplexa.

"Tot el que hi ha en aquesta bossa és per a tu. dones. Pots fer això per mi?"

"Puc."

"Bé", va assentir. "Ara, si em disculpes, tinc un dia ocupat. Estic segur que avui també estàs ocupeu a".

"Gràcies professor."

Cynthia es va aixecar i va donar una encaixada de mans al professor.

Després va agafar la bossa marró i va sortir de l'oficina.

No es va molestar a mirar dins la borsa.

Tenia massa por de mirar.

CAPÍTOL II

Aquella nit Cynthia es va ficar al llit al llit amb els llums encara encesos.

Acabava d'acabar la rigorosa rutina d'estudi de la nit.

Li feien mal els ulls.

I ella estava mentalment exhausta.

Va mirar la tauleta al costat del seu llit i va veure la bossa marró.

Gairebé se li havia oblidat.

Així que la nit encara no s'havia acabat.

Va seure al llit i va agafar la bossa.

Quan Cynthia va obrir la borsa, es va sorprendre pel que va veure.

Hi havia un consolador rosa de mida moderada, que tenia la forma del penis d'un home.

El va aixecar i el va mirar, preguntant-se si va ser un error.

Potser el professor em va donar la borsa equivocada?

Per què ell té això?

Però va arribar a la conclusió que no hi havia cap error.

El professor era massa precís i intel·ligent per cometre aquesta mena d'errors, va pensar.

Va posar el consolador al seu llit i va buscar al fons de la bossa.

L'única cosa que hi havia a més era un llibre molt gran.

Estava vell i desgastat.

Ella va mirar la portada.

Era un llibre recopilatori de diverses històries de BDSM.

Va fer una ullada a l'índex per veure que totes les històries eren sobre sexe.

I no de qualsevol mena de sexe, sinó històries de dominació i submissió.

"Això és assetjament sexual!" Va pensar.

Cynthia va tancar el llibre i el va posar sobre la taula propera.

Estava enutjada, commocionada i trista.

Ella no sabia com sentir-se.

Aleshores va recordar el comentari del professor, que la lectura era opcional.

Ella va pensar que havia de fer qualsevol cosa que li demanés.

Però aleshores ella tampoc no rebria res.

Després de pensar per uns moments, es va adonar que no hi havia cap mal.

Només era un llibre.

Tot el que havia de fer era llegir què li hauria marcat i discutir-ho amb el professor.

Aleshores ella obtindria l'ajuda del professor.

El consolador aniria a les escombraries més tard, on pertanyia.

Després d'una respiració profunda, va agafar el llibre i es va recolzar al coixí per sentir-se còmoda. Hi havia un marcador al mig del llibre. El va obrir per trobar la història que el professor li havia assignat.

Ella va començar a llegir.

~~~

Resum de la història:

Erika era una dona independent, artista i feminista activista pels drets de les dones.

Dirigia una galeria d'art d'èxit al centre de la ciutat.

Se li va acostar un home anomenat Robert, que li ofereix vendre part de la seva feina.

Ell li mostra fotos, i ella està molt impressionada amb les pintures que apareixien a les seves fotos.

Però quan ella visita el seu petit estudi descobreix que la majoria de la seva feina està relacionada amb el BDSM i això no apareixia a les seves fotos.

A la paret hi havia imatges de dones lligades i complagudes.
~~~

Erika diu cortesament a Robert que no està d'acord amb el contingut dels seus quadres, i després rebutja l'oferta de comprar una obra d'art.

Dies més tard, Robert continua sol·licitant una relació comercial amb ella.

Ell li envia per correu electrònic més de les seves fotos, que aquesta vegada sí que mostraven les dones lligades i emmordassades.

Després hi havia fotos de dones a diversos estats d'intens orgasme.

Erika es va sentir en conflicte amb les imatges.

Ella pensava que eren lascius, però amb bon gust.

Definitivament van ser estimulants d'alguna manera.

Ella estava intrigada.

Va acordar trobar-s'hi novament per discutir un possible acord.

En el seu petit estudi, Robert la va convèncer que el BDSM no era tan dolent.

La va convèncer que era una cosa bonica i que les dones rebien molt de plaer.

Erika es va mostrar escèptica, però va acceptar experimentar una esclavitud lleugera a comanda de Robert.

Això li va obrir la porta a ell per tenir com a nou fetitxe BDSM Erika.

~~~

Després de llegir la història, Cynthia es va trobar lleugerament excitada.

Amb l'estrès dels propers exàmens finals, el sexe era l'última cosa en què pensava, però la història va canviar això.

Estava humida entre les cames.

Estava fascinada pels personatges.

Ella es va captivar amb la idea que el personatge femení de la història fos lligada i usada sexualment.

De sobte, el consolador de la bossa marró ja no semblava tan mala idea.
~~~

CAPÍTOL III

L'endemà.

Cynthia estava asseguda davant de l'escriptori del professor.

Simplement la va mirar sense dir ni una paraula.

Va prendre un altre glop del seu cafè.

Com més es perllongava el silenci, més incòmoda es tornava amb la reunió.

"Vull saber què et va fer sentir", va dir ell, trencant el silenci. "Vull saber com va funcionar la teva ment amb cada detall. Estàs d'acord amb això?"

"Ho estic."

"Vaig llegir la història que et vaig assignar?"

"Ho vaig fer. Vaig pensar que estava ben escrita".

"Què més vas pensar sobre això?" va preguntar. "Què us va semblar l'evolució del personatge principal?"

Cynthia va fer una pausa per un moment.

"Penso que l'evolució del personatge principal és comú per a moltes persones. He investigat molt sobre la sexualitat al llarg dels anys. Les persones estan descobrint constantment els fetitxos durant tota la vida. No hi ha absolutament res de dolent en l'exploració sexual . És part de l'ésser humà".

"Creus que aquesta història va ser realista? Creus que alguna cosa així podria passar a una feminista devota?"

"Per què no?" ella va respondre . "El personatge d'aquesta història és humà com tots els altres. El fet que sigui feminista probablement va alimentar el tabú de ser submisa a un home dominant. El fet que algú sigui feminista no vol dir que no puguin gaudir d'una vida sexual plena". ".

Ell va somriure.

"Ets una noia molt intel·ligent. Gaudeixo escoltant la teva perspicàcia".

"Això vol dir que m'he guanyat la teva recomanació?"

"Encara no. Vull saber si vas fer servir la joguina que et vaig donar. El vas fer servir en tu mateixa mentre llegies la història? O ho vas fer servir després?"

Una mirada atònita va aparèixer a la cara.

"Què vol dir?"

"Vas usar el consolador en tu mateixa?"

"Jo... no veig com això és assumpte seu".

"El que diguis serà confidencial. Em retiraré a finals d'any, recordes? En unes poques setmanes més, no em tornaràs a veure".

Ella va pensar per un moment.

"Vaig fer servir el consolador en mi mateixa després de llegir la història".

"Què estaves pensant?"

"Al personatge principal al final de la història. Ja sap, estar lligada".

"Sempre has tingut un fetitxe d'esclavatge?" el pregunt ó.

"No crec que això sigui apropiat. Ja vaig fer tot el que em va demanar".

"Encara tenim molt de temps", va respondre. "Ets una noia molt especial. Treballes dur i ets molt decidida. Estima aquestes qualitats i vull que experimentis les alegries de la vida. No estic tractant d'enganyar. Hauries de confiar en mi en això".

"Què vol de mi?"

"En aquest moment, t'estic donant una altra tasca".

"Serà l'última?"

"Potser", va respondre. "En aquest moment, tens una A a la meva classe. Això és tot. Si m'escoltes , faré servir les meves connexions en nom teu".

"Bé", ella va assentir.

"Llegeix la setena història en aquest llibre. Després vull que et masturbis amb el consolador. Demà, ens tornarem a veure. Parlarem de la història. I vull que m'expliquis tot sobre el teu orgasme. Pots fer-ho?"

"Si."

"Bé. I no ens reunirem a la meva oficina. T'enviaré la ubicació de la reunió demà al matí. Entès?"

"Promet utilitzar les connexions per a mi?"

"Ho prometo."

"Llavors és un tracte".

TERCERA PART
PART INFERIOR ENVERMELLADA

CAPÍTOL I

Més tard aquella mateixa nit.

Cynthia i Teresa van rentar els plats juntes després del sopar.

També havien cuinat juntes.

Després d'assecar i col·locar els plats al prestatge, la Teresa va deixar la tovallola i es va recolzar contra el taulell.

"Aquesta és la pitjor setmana final de la meva vida", va gemegar Teresa. "Per què vaig haver d'especialitzar-me en biologia?"

"Perquè vols fer coses bones amb la teva vida. Valdrà la pena".

"Això creus?"

"Això espero", va arronsar les espatlles Cynthia.

"Bé, això és tranquil·litzador".

Cynthia es va recolzar també contra el taulell de la cuina i va mirar la seva millor amiga.

"No puc creure que lluny que hem arribat", va dir. "Solíem parlar de ser adultes quan érem jovenetes. Ara mira'ns. Nosaltres estem a punt d'aconseguir tenir grans carreres".

Teresa va somriure.

"Un semestre més i després ja no serem companyes de quart. Em fan venir ganes de plorar en pensar en això".

"Estarem bé. És el millor".

Teresa va assentir amb el cap.

"Tens raó. Per com te'n van les coses, et dirigiràs a la millor escola de lleis del país".

"Aquest acord encara no s'ha fet".

"Què està passant amb aquest tipus de totes maneres? Per què no escriu la maleïda cosa i acaba d'una vegada amb tot això com un professor normal?"

"Ell només vol ser minuciós, això és tot", va respondre Cynthia. "Crec que acabarem després d'una altra ronda de preguntes sobre el meu historial acadèmic i les meves metes futures. I aquesta mena de coses".

"Si no et conegués millor, jo diria que aquest tipus té interès a tenir alguna cosa amb tu", va respondre Teresa amb un mal joc de paraules.

" Què et fa dir això ? "

"La manera com et truca a classe. La manera com et mira. És una cosa obvia, bé, per a mi de totes maneres".

"Tracta tots de la mateixa manera a classe. A més, està casat".

"És estrany que hagi passat tant de temps amb tu darrerament", va assenyalar Teresa. "Estàs enamorat d'ell per casualitat?"

"No!" Cynthia va respondre amb diversió i horror. "Com pots dir una cosa així?"

Teresa va fer una ganyota graciosa.

"Déu. Només m'ho preguntava. Jesús. No et posis tan a la defensiva".

"De tota manera, hi ha molt de temps per fer broma sobre tot això més tard. En aquest moment, necessito estudiar. No ets l'única persona amb exàmens brutals".

"Llavors serà millor que ens posem amb els llibres".

"Així és."

CAPÍTOL II

Després de tancar la porta, Cynthia es va recostar còmodament al llit, recolzada sobre el coixí.

Era la seva posició preferida per estudiar.

Ella ràpidament va repassar els llibres i les notes de les seves classes.

Ella ja estava preparada i tot ho portava avançat al que estava previst.

Va tancar el material i va descansar breument els ulls.

La tasca del professor encara estava pendent.

Es va preguntar breument si Teresa tenia raó que estava desenvolupant un petit enamorament per ell.

El poder que tenia sobre ella era un gran tabú.

Cynthia va deixar de banda les seves coses de l'escola i va prendre el gran llibre BDSM. Va tornar a la seva posició còmoda al llit i va obrir el llibre a la història set.

Va començar a llegir.

~~~

Resum de la història:

Samantha era una dona d'èxit de negocis.

Ella tenia una gran oficina a una oficina corporativa.

S'havia acostumat a donar ordres a homes forts.

La companyia per a la qual treballava havia estat adquirida per una altra companyia.

De cop, ella tenia un nou cap masculí.

El nou cap de Samantha era molt diferent de qualsevol persona amb qui hagués treballat en el passat.

El nou cap no estava intimidat per ella ni per la seva bellesa.
~~~

Exsudava confiança i l'atractiu sexual de Samantha no hi funcionava.

Immediatament es va establir com la persona a càrrec.

Es va establir com a superior.

Al final de la història, ella tenia visites setmanals a la seva oficina privada per fer-li saber que ella era submisa.

Samantha es va trobar lligada i assotada al seu propi escriptori.

Ell li feia servir el forat que més li convenia.

De vegades li follava la boca, d'altres la follava analment .

I era el seu nou paper a l'empresa.

~~~

Cynthia va tancar el llibre i va estendre els braços i les cames sobre el llit.

Hi havia una sensació de formigueig entre les cuixes.

En el fons, la feia sentir culpable excitar-se per una història en què un home degradava sexualment una dona forta.

Però ella estava excitada de tota manera.

La tasca del professor era clara: volia que ella usés el consolador.

Va ficar la mà dins del seu calaix per prendre la joguina sexual.

Després es va treure la roba de baix per complet.

Es va ficar al llit amb les cames obertes i va començar a acariciar el seu cony amb els dits.

Quan va estar prou excitada i mullada, va inserir la joguina sexual a dins.

La joguina entrava i sortia del seu cony.

Tenia els ulls tancats.

Ella es va imaginar pensaments lascius del personatge femení al llibre sent follada oralment mentre estava lligada al seu escriptori.

Ella va intentar mantenir la seva masturbació tranquil·la perquè la Teresa no l'escoltés.
~~~

La seva ment es mantenia ocupada, i també els dits que guiaven la joguina sexual.

En poc temps, els dits dels peus es van corbar i la seva esquena es va arquejar lleugerament.

Ella va tancar la boca per no fer sorolls forts de gemecs.

Ella es va venir.

Després el seu cos es va relaxar i es va ficar al llit al llit amb una sensació de felicitat.

Havia estat una fantasia molt bruta.

Si tan sols hagués descobert això abans...

CAPÍTOL III

L'endemà.

Eren les vuit del matí.

Cynthia havia seguit les instruccions que el professor li havia enviat per correu electrònic.

Duia un bonic top botonat amb una faldilla tub de tipus d'oficina.

En lloc de reunir-se a la seva oficina, es van trobar fora d'una aula buida, que ell va obrir amb la clau.

Portava una bossa de paper.

Després que van entrar a l'aula, va tancar la porta amb la clau.

"Pren seient", va dir, encenent els llums.

"Estic una mica nerviosa avui", va dir Cynthia gairebé juganera mentre caminava per la sala buida.

"Per què?"

"Tot el que hem estat fent. Aquest saló de classes".

"No et posis nerviosa", va respondre. "No necessites estar-ho".

"Espero que no."

Cynthia es va asseure a la primera fila del gran saló de classes.

"Bona elecció", va somriure. "Les noies bones sempre s'asseuen a la primera fila. M'agraden les noies bones".

"Has fet això abans?"

"Fet què?"

"Això", va respondre ella. "Has fet que altres alumnes facin coses sexuals per tu a canvi de la teva carta de recomanació o una bona qualificació?"

"Tinc una prestigiosa carrera acadèmica, Cynthia. No arriscaria la meva reputació al sol·licitar favors d'estudiants a l'atzar".

"Aleshores, per què fer això amb mi?"

"Perquè ets especial", va dir sense embuts. “M'has intrigat des de la primera vegada que et vaig veure. M'has intrigat cada vegada que parles a classe i cada vegada que llegeixo la teva feina. Ets una persona especial. I ets l'estudiant més bella que he tingut”.

"Paraules afalagadores, però com saps que no presentaré una queixa en contra per assetjament sexual? Ho he fet abans amb altres homes".

"No ho faràs. Estàs massa decidida a acabar amb això ara. Tinc alguna cosa que desitges desesperadament. Aleshores, ¿hauríem de començar ja? Com més aviat comencem, abans acabarem".

Ella va assentir lentament.

"Endavant."

"Vas llegir la història ahir a la nit?"

"Ho vaig fer."

"Què en penses?"

Ella va pensar per un moment.

"Vaig pensar que era excitant. No havia llegit mai aquest tipus de coses abans. Sempre vaig sentir que el sexe hauria de ser d'iguals entre homes i dones. Tot hauria de ser igualitari. I òbviament les meves inclinacions polítiques són al costat feminista. Però va ser molt emocionant llegir-lo . Em va agradar molt."

"Assumeixo que et vas masturbar amb el consolador de nou".

"Jo ho vaig fer."

"En què vas pensar específicament en fer-ho?" va preguntar.

"El personatge femení està lligat al seu escriptori. Se l'està fent servir. Aquest tipus de coses. Aquesta va ser la part més eròtica de la història".

El professor va fer un gest cap a la bossa marró.

"Vaig pensar que gaudiries d'aquesta escena. Per sort vaig venir preparat. I sortosament estem en una aula buida amb un escriptori gran. T'agradaria experimentar amb alguna cosa nova?"

"Jo... no crec que..."

"La porta està tancada Cynthia. Ningú no ho sabrà mai. I jo mai ho diré. Tinc massa a perdre. Em retiro al final de l'any i mai m'hauràs de tornar a veure. sigui més assequible. Podem ajudar-nos l'un a l'altre."

Va lluitar emocionalment per un moment.

"No ho sé. No sóc aquest tipus de persona".

"Faré tota la feina. No has de fer res. No et penetraré ni oralment ni vaginalment. Només vull explorar".

"I si vull parar?" ella va preguntar.

"Llavors ens aturarem".

"OK."

"Vine al capdavant de la classe. Acuesta't amb el teu estómac sobre la taula del professorat".

Cynthia es va aixecar i va caminar cap a la taula principal.

Ella va fer tot el possible per posar una cara valenta.

Era una línia que mai no va pensar que creuaria amb un home, però ho estava fent.

Estava preparada per deixar que el seu cos fos utilitzat per un professor molt gran, tot pel bé d'avançar a la seva educació.

Es va jurar a si mateixa que això no ho sabria mai.

Va recolzar l'estómac i el pit sobre la taula, amb la cara cap a l'aula buida.

Ella va tancar els ulls, gairebé en un estat de vergonya.

Va escoltar el professor caminant darrere seu.

Aleshores va sentir que les seves mans lliscaven suaument per la seva faldilla de tub d'oficina aixecant-la.

"Relaxa't", va dir. "Seré amable amb tu. Estàs fora de perill amb mi".

El professor li va baixar suaument les calces, i ella va aixecar cada peu perquè les pogués treure.

Se sentia vulnerable i exposada amb el seu vestit aixecat i sense calces.

Va sentir el cruixit de la bossa de paper en obrir-se.

Ella va continuar prement els ulls tancats.

Tenia massa por de mirar.

Després va sentir que li lligaven els turmells amb una corda suau.

Ella no es va resistir i no es va oposar.

Va passar molt ràpid.

Abans que ella ho pensés dues vegades, els seus turmells estaven lligats al final de les potes de la taula.

El professor es va moure al voltant de la taula i va repetir el procés amb els canells.

En un procés igualment ràpid, les nines de Cynthia estaven lligades al final de la taula.

Estava completament subjecta i lligada.

"Si us plau, relaxa't", va dir. "Les coses seran més fàcils així".

El professor va colpejar suaument el darrere nu de Cynthia.

Va ser un xoc i una sorpresa per a ella.

Va causar que els seus ulls s'obrissin completament.

Fins i tot quan era noieta mai havia estat assotada.

Va ser una nova sensació.

Abans que ella pogués processar emocionalment la situació, va arribar un altre flagell.

Després un altre.

Els assots suaus s'estaven tornant cada cop més durs.

Els assots van començar a ressonar a la gran aula universitària.

"Com et sents?" en va preguntar manera paternal. "Ets capaç de manejar això?"

"Pica una mica."

"Acabarà aviat. Com més aviat et corris, abans acabarem".

Els seus ulls van romandre molt oberts.

Quant abans em corri?

Tenia la intenció de fer-la arribar a l'orgasme, i ella no s'hi va resistir.

Ella no es va defensar.

Ella no li va dir que se n'anés a la merda.

Els valors feministes s'estaven erosionant i, en el fons, li agradava.

Va sentir el so del professor ficant la mà de nou dins la bossa marró.

Estava nerviosa i no sabia què esperar.

Quan ell va llençar la bossa, ella va descobrir el que havia estat buscant.

Hi va haver una altra bufetada al darrere exposat.

No va anar amb la mà.

Ara tenia una petita pala de goma.

La pala feia més mal que la seva mà nua.

Tenia un sentiment punxant.

Ell va continuar colpejant el seu darrere nu.

Va començar a fer més mal.

El darrere es va tornar d'un to vermell brillant.

Es va mossegar el llavi inferior i va intentar no plorar com una noieta ximple.

Ella no volia semblar feble davant del seu professor dominant i fort.

El dolor va créixer.

El professor va continuar colpejant més fort i més ràpid.

Ella volia plorar.

De sobte, es va aturar.

Ella ho va sentir col·locar la pala sobre la taula, i després es va agenollar per acariciar suaument el seu darrere ardent.

El va fregar d'una manera suau.

Li va fer petons suaus.

Després va arribar a baix i va jugar amb el seu clítoris inflat.

"Oh ..." ella va gemegar.

Va poder evitar fer sorolls durant les natges, però no per l'estimulació directa del seu clítoris inflat.

El professor va fregar el clítoris en un ràpid moviment circular amb dos dits.

Amb la seva altra mà, va continuar acariciant el adolorit del darrere.

Ell va continuar besant suaument el seu darrere com si ho estigués adorant.

Fins i tot li va fer unes lleves.

"Crec que em correré", va admetre ella vergonyosament.

"Corre't per a mi, estimada. Sigues la meva petita gateta sexual i tingues un orgasme meravellós".

Ell va pressionar el seu rostre contra el seu adolorit del darrere i va continuar fregant furiosament el seu clítoris.

Els ulls de Cynthia es van girar enrere.

La seva boca estava oberta de bat a bat.

El seu cos es va tensar.

Els músculs de l'esquena i les cames es van contreure, però no hi havia manera que es pogués moure ja que les seves extremitats estaven lligades a l'escriptori.

Suaus gemecs van escapar de la seva boca.

Aviat, un petit riu de fluids clars va brollar del seu cony calent.

El professor no va aturar els moviments amb els dits fins que tot va estar fora.

Després li va fer al darrere un altre petó.

El professor es va aixecar i va fer un petó a Cynthia a un costat de la cara.

Ell va besar el seu cabell algunes vegades també.

Quan el professor va desfermar Cynthia, ella es va asseure a terra en posició fetal.

El seu cos se sentia com a gelatina.

La seva força se n'havia anat.

El professor es va asseure a terra al seu costat.

"Ets meravellosa", va dir. "Realment meravellosa".

"És això el que volies?" ella va respondre amb una respiració profunda.

"Va ser més del que volia. Ets realment increïble".

"Això vol dir que hem acabat?" Va preguntar, insegura de si volia que acabés o no.

"No. Ni tan sols estem a prop d'acabar. A partir d'ara, has obtingut un A+ a la meva classe. Però encara no has guanyat les meves connexions. Si continues, faré tot el possible per portar-te a la facultat de dret que triïs. I t'ajudaré a aconseguir beques per pagar-ho tot".

"Què he de fer?"

"Ara, vull que continuïs estudiant per als teus altres exàmens. Ets una estudiant tipus A. Has d'actuar amb això".

"I després?" ella va preguntar. "Què passarà després que es faci els exàmens?".

"Planeges anar a algun costat? Vius a prop de la casa de la teva família? O et quedes en un dormitori comú?"

"Comparteixo un apartament amb la meva companya de quart. Totes dues ens anirem a casa després de la setmana final. Tenim vols programats. Per què?"

El professor li va passar la mà pels cabells.

"Cancel·la el teu vol. Torna a programar-lo per uns dies després".

"Però la meva família? M'esperen a casa aviat".

"Només necessitaré uns dies. Digueu-los que estàs acabant un projecte important per a l'escola. Ells ho entendran".

"Què farem?" ella va preguntar.

"Quan la teva companya de cambra se'n vagi, vull visitar el teu departament. Vull veure com vius. Vull prendre el meu temps amb tu. Vull que estiguem sols junts. Tinc curiositat per tu a nivell personal. Com t'he esmentat abans, estic molt interessat en tu . Em fascines".

"Què passa amb... sexualment... Quins són els teus plans per a mi?"

Ell va somriure.

"Ja resoldrem això".

"Tu no em fotreu. Tinc nuvi i aquí és on traço la línia".

"Què pots fer per a mi llavors?"

Ella va pensar per un moment.

"Pots tornar a assotar-me".

"Em xuclaràs la polla?"

Ella va assentir vacil·lant.

"Està bé. Però això seria tot".

"Millor ens posem en marxa. No oblidis les teves calces. Estan sobre la taula. I no t'oblidis dels nostres plans. Prometo que tot valdrà la pena".

Dit això, el professor es va aixecar i va tornar a posar les cordes i la paleta dins de la bossa marró.

Després se'n va anar, deixant-la sola a la sala.

Cynthia va continuar asseguda en posició fetal mentre ordenava els seus pensaments.

La sensació orgàsmica encara fluïa pel seu cos.

Encara no podia dir si estimava l'experiència de l'esclavatge, o si l'odiava.

Però el petit toll de líquids que va deixar enrere li va donar la resposta.

QUARTA PART
MÉS ENLLÀ DEL ACORDAT

Una setmana després.

Cynthia va mirar per la finestra del seu departament per observar la vista que es desenvolupava fora de casa.

Estava sola.

La Teresa ja se n'havia anat després d'acabar tots els exàmens finals.

Cynthia s'hauria d'haver anat també.

Ella hauria d'haver estat ja a casa amb la família.

En canvi, ella estava esperant el professor.

Ja li havia donat la direcció.

Ella esperava en un estat meditatiu que vingués.

Portava un bonic vestit blau.

Era elegant i casual.

Estava descalça i no duia res sota el vestit.

Tot el que havia fet amb el professor estava en contra de la naturalesa.

Estava en contra dels forts valors amb què s'havia criat.

I estava en contra dels valors que volia defensar com a futura advocada.

Però el professor li havia donat el millor orgasme de la vida.

Pensava en aquest orgasme cada dia.

Es masturbava pensant en el professor cada nit.

Es preguntava què hauria planejat.

Va sonar el timbre de la porta del carrer i ella va deixar entrar el professor a l'edifici.

Ella va obrir la porta del departament i ho va esperar.

Quan va sortir de l'ascensor al pis del departament, ella li va somriure.

Estava vestit amb una vestimenta semi casual i duia una bossa de paper marró.

Es van saludar i ell va entrar al seu apartament amb confiança, com si visqués allà.

Cynthia va tancar la porta i ell va mirar al voltant de la sala després de treure's les sabates.

"Bonat lloc", va dir, mentre continuava inspeccionant l'habitació.

"Gràcies. He estat vivint aquí per gairebé quatre anys amb la meva companya de quart. Ho vam fer tan bé com vam poder".

"Has explicat a la teva companya de quart sobre això?"

"No. Per Déu, no. No ho he dit a ningú. I mai ho faré".

"Hauria de seguir així", va assentir. "Et veus preciosa amb aquest vestit. Ets com un regal que espera ser obert".

"Gràcies", va respondre nerviosament. "Puc portar-te una mica de beure?"

"Estic bé. T'importa si seiem i parlem?"

"Per descomptat."

Tots dos es van asseure al sofà de la sala.

"Tinc un regal per a tu", va dir.

Va ficar la mà dins de la bossa marró i va lliurar a Cynthia un sobre.

Ella ho va obrir i va veure una carta mecanografiada en un paper que tenia les marques i títols oficials de la universitat.

Ràpidament fullejà la pàgina.

Era una brillant carta de recomanació del professor, que deia que Cynthia era sens dubte l'estudiant més intel·ligent que havia conegut.

També elogiava brillantment el caràcter moral i l'ètica de treball.

Fins i tot hi havia una llarga declaració sobre la passió de Cynthia pels drets de les dones.

"Jo... estic sense paraules", va aconseguir dir ella. "Això és meravellós. És millor que qualsevol cosa que es podria haver escrit per a mi".

"Probablement no necessitaràs aquesta carta. Ja he parlat amb un vell amic que treballa a una escola de lleis de primer nivell. La teva sol·licitud rebrà una avaluació especial".

"Quina escola?"

"Una de nivell superior. Estaràs molt contenta allà. També he parlat amb persones sobre possibles beques. Tot estarà arreglat aquests dies".

Ella va posar les mans sobre el pit.

"No tens idea del feliç que em fa això. Vull dir, WOW. Això és més del que podria haver esperat. Això realment canviarà la meva vida".

"No he fet mai tant per una estudiant. Només estic fent això per tu".

"No sé què dir".

"No has de dir res", va dir severament. "Si vols expressar la teva gratitud, treu-te el vestit".

Va ser un moment alliçonador.

El seu moment d'emoció despreocupat es va trobar amb la realitat que hi havia condicions per complir.

Ella va respirar profundament i es va aixecar.

Els ulls de tots dos estaven centrats l'un a l'altra.

Els seus dits van pessigar la part inferior del seu vestit blau.

Després es va aixecar el vestit per sobre del cap per revelar les seves primes cames, el seu cony afaitat i els seus petits pits turgents amb els mugrons rosats.

Ella va romandre nua davant seu, fent tot el possible per mantenir una cara valenta.

Ella va intentar no mostrar cap signe de nerviosisme o excitació.

Però els seus dits lleugerament tremolosos revelaven el nerviosisme.

I els seus endurits mugrons rosats es van tornar completament rígids, mostrant la seva excitació.

"Perfecte", va dir ell, amb els ulls vagant per la seva nuesa de cap a peus. "Ets una visió de la perfecció".

"Gràcies."

"Estic segur que t'estàs preguntant què hi ha a la borsa. Et veus nerviosa. No et preocupis, no sóc un sàdic. Només sóc un home normal amb una fantasia molt comuna".

Els seus ulls van continuar recorrent cada centímetre del seu cos, observant-ne la bellesa.

"Quina fantasia és aquesta?" Va preguntar ella amb una curiositat genuïna.

Es va posar dreta i va ficar la mà dins la bossa.

Va pensar per un moment a donar una resposta definitiva a la pregunta de Cynthia.

"M'encanten les dones intel·ligents i independents. Algú com tu. Em vaig trobar amb literatura sobre l'esclavitud sexual fa anys i m'hi vaig sentir estranyament atret. Em vaig sentir molt culpable per això, perquè sempre he estat un gran defensor dels drets de les dones, com tu. Però és només una fantasia sexual, oi? Ningú es fa mal. I tots gaudeixen. No estàs d'acord?"

" Sí ".

"És una fantasia molt comuna. No hi ha vergonya a gaudir-ne. No n'hi hauria d'haver".

El professor va treure un collaret negre de la bossa.

Semblava eròtic, però intimidant.

Era fet específicament per a fins sexuals.

"Què és això?" ella va preguntar.

"És un collaret per al teu coll. Crec que et quedarà bé. Diu 'puta' en ell. És un nom divertit pel nostre temps junts".

"Has fet això amb altres dones?"

"No. Mai he tingut el coratge. Mai he estat molt valenta".

"Tens el meu ara."

Ell va somriure.

"Tens raó. Et tinc. Ara relaxa't mentre et poso el collaret".

El professor va posar la bossa al sofà i li va raspallar els cabells a Cynthia.

Va embolicar el collaret al voltant del seu coll i va començar a estrènyer-lo.

Va estar atent a no deixar-ho gaire atapeït.

No volia que s'angoixés ni sufoqués.

Ell només volia fer-la sentir una mica incòmoda, i així va ser.

Quan ell va fer un pas enrere, Cynthia estava nua, excepte pel collaret amb la paraula PUTA col·locada a la part davantera de la gola.

"Mira't al mirall", va dir.

Cynthia va caminar cap al mirall de la sala, que estava just al costat de la porta principal.

Ella va mirar el seu cos nu.

Va mirar el collaret al voltant del coll que l'etiquetava com una puta.

Estava en contra de tots els principis que havia defensat.

Es va sentir avergonyida de si mateixa.

Però alhora ella es va sentir molt excitada.

Ningú no en pot saber res.

Mai.

"Què penses?" va preguntar ell, aturant-se darrere seu amb una corda a les mans.

"És una vista provocativa".

"Ho és. Ara ajunta les teves mans. Et lligaré".

Cynthia va ajuntar les mans i el professor li va lligar les nines amb una suau corda negra mentre ell encara estava dret darrere seu.

No va trigar gaire.

En uns moments, les mans estaven unides.

"Ara què?" ella li va preguntar.

Casualment va caminar enrere mentre la mirava.

Es va aturar al centre de la sala i la va mirar directament als ulls.

"Ara vull que em xucles la polla. Estic segur que ets molt bona en això. Vull que siguis una gateta sexual obedient i que em mostris com de bo pots xuclar".

Cynthia va caminar cap a ell amb les mans lligades.

Ell era molt més alt que ella.

Després d'un breu contacte visual, ella es va agenollar i va començar a descordar-li els pantalons amb les mans lligades.

Ella li va baixar els pantalons fins als turmells per revelar un penis semi erecte.

Ella se'l va mirar per un moment.

Era una mica més gran que el del seu xicot.

El va sostenir a la mà i ho va acariciar breument abans d'aturar-se a pensar.

Ella va dubtar.

"Vull que sàpigues que normalment no ho faig això", va dir després de reflexionar. "Només he fet aquest tipus de coses en les relacions. Sempre he estat en contra que les dones facin servir els seus cossos o la seva sexualitat per obtenir el que volen".

"Per això exactament vull la meva polla a la teva boca".

El comentari la va ofendre una mica.

Però tot i així li va enviar un pessigolleig entre les cames.

Ella es va inclinar per xuclar-li la polla.

Sempre li havia encantat xuclar la polla dels seus nuvis.

Era una cosa que havia gaudit des de la primera vegada que ho havia fet.

S'havia convertit en una experiència sexual molt excitant.

I mai no hi havia hagut queixes.

Ella sempre havia rebut excel·lents crítiques per les seves habilitats sexuals orals.

Amb els seus llavis embolicats al voltant de la polla, va sacsejar el cap mentre xuclava.

Les seves nines lligades limitaven el moviment de la mà.

La seva llengua es va arremolinar al voltant del cap i el membre.

Va aixecar la vista enlaire cap al professor que estava sobre ella mentre seguia xuclant.

Van fer contacte visual, cosa que va ser una cosa excitant i parcialment humiliant.

Ella va mirar cap a una altra banda quan va començar a prendre la seva polla més profundament dins de la boca.

Aleshores ella va xuclar cadascuna de les seves boles.

"Ets genial en això", va gemegar. "Sabia que ho series. Tens els llavis perfectes per a això".

"Gràcies", va xiuxiuejar, després de treure la seva polla breument de la boca.

Ella va tornar a la feina, amb l'esperança de fer que es corregués el més ràpid possible.

Com més esforç feia per xuclar-li la polla, més excitada s'havia tornat en el procés.

No necessitava tocar el seu cony per adonar-se que estava xopa entre les cames.

"Això és suficient per ara", va dir. "Vull que t'inclinis sobre la taula del menjador. Sobre el teu estómac. Tindrem sexe en un moment".

Ella el va mirar atònita.

"El nostre tracte era per una mamada. Això és tot".

"Les ofertes sempre es poden millorar".

"Si us plau. Només vaig acceptar fer-te una mamada".

"Toca't entre les cames. El teu cos sap el que vol. Si estàs seca , llavors sortiré i et donaré tot el que vulguis. Si estàs mullada, encara tenim feina a fer".

El professor era persistent.

Cynthia sabia que era un argument amb sentit.

El seu cor ho volia.

El seu cony ho volia.

No tenia cap sentit lluitar.

El que sigui que faci amb ella, se sentirà bé.

Ell farà que es corri de nou.

Aleshores, per què negar-se?

Es va posar dret i va caminar cap a la taula del menjador, que estava a només uns metres de distància.

S'inclinà, col·locant les mans, la cara, els pits i l'estómac sobre la taula.

La taula on havia compartit innombrables menjars amb la seva millor amiga s'havia convertit de sobte en un lloc de satisfacció sexual.

Es va preguntar què faria ell tot seguit, però no en tenia idea.

Ella no sabia què esperar.

Va escoltar el so de la bossa regirant-se mentre el professor buscava.

El professor va lligar les mans lligades a les potes de la taula usant més corda negra.

Les nines de Cynthia estaven completament restringides i no hi havia manera que pogués moure els seus braços.

El professor també va lligar cadascun dels seus turmells al fons de la taula.

Les cames de Cynthia estaven separades, i el seu cony i anus estaven ben oberts.

"Saps què és un flagell?" va preguntar.

"Sí", va respondre nerviosament.

"L'usaré amb tu. No et preocupis. No t'he de fer mal. Potser faria una mica de mal. Avisa'm si és massa".

Cynthia va prémer la corda amb força mentre el flagell colpejava les seves natges.

El segon cop va ser més contundent.

Recordava massa bé la sensació del darrer flagell.

Era un sentiment que mai no oblidaria.

Però la flagel·lació era molt més potent que la pala.

Cada extrem de la flagel·lació enviava una sensació de formigueig a través del seu cony i columna vertebral.

Cada extrem del flagell l'estimulava sexualment.

La flagel·lació es va traslladar a la seva esquena superior.

Els espetecs eren forts al costat de la seva oïda.

Picava.

Ella va començar a gemegar cada vegada que era colpejada.

El dolor es va fer cada cop més agut.

Però també ho va fer el plaer.

Es va convertir en una combinació potent i perfecta.

La va assotar amb força a l'esquena i el seu cony es va humitejar.

Ella gemegava sorollosament amb cada cop.

Quan la seva esquena es va posar vermella, ell va dirigir l'atenció del seu flagell cap avall, colpejant la part posterior de les cuixes.

L'àrea era tan sensible que gairebé la va fer cridar.

Cynthia es va estrènyer més fort a la corda amb l'esperança d'alleujar el dolor.

La flagel·lació es va moure a cadascuna de les natges de Cynthia.

Era el lloc que li va fer més plaer.

Cada extrem de l'flagel la copejava amb força i la va posar més divertida.

La flagel·lació es va aturar per un moment misericordiós, i el professor va inserir dos dels seus dits dins del seu cony.

"Déu meu", va dir. "Ets com una aixeta. Pobrecita".

"Jo... necessito córrer-me".

Ell va somriure.

"En uns moments, estimada. Necessitem acabar el nostre joc previ primer".

El professor va tornar a la seva posició de flagel·lació i va copejar suaument a Cynthia just entre les natges.

Gimi o quan els extrems del flagell van colpejar directament la pell ultra sensible del seu cony i anus.

La va deixar adaptar-se al dolor per un moment abans d'enviar un altre cop a la direcció.

Ell va continuar assotant el seu cony i anus.

Va baixar el flagell i va fer servir la mà oberta per bufetejar la seva sensible àrea sexual.

La nalgada va ser suau al principi.

Però després va augmentar la força per cada nalgada.

Fins i tot es va assegurar de fuetejar el seu clítoris inflat, cosa que la va fer gemegar com una puta.

La seva mà s'humitejava amb els fluids del cony de Cynthia després de cada flagell.

"Crec que estàs a punt. Vols córrer-te ara?"

"Sí", va gemegar ella.

"Has estat una bona noia. Així que és just que jo t'obligui a fer-ho".

Va ficar la mà a la bossa de nou.

Cynthia no podia veure què estava buscant el professor.

Tot el que escoltava era el soroll de la borsa.

Després va sentir que els dits d'ell estenien els seus llavis quan ell va inserir un objecte.

Era una joguina sexual.

Llis i perfectament format.

Va lliscar fàcilment dins del seu cony a causa de la seva petita grandària, el que la va decebre una mica.

Ella necessitava una mica més gran.

L'objecte sexual es va retirar del seu cony, cosa que la va decebre novament.

Quan l'objecte es va pressionar contra l'anell exterior del seu anus, es va adonar del que estava passant.

El professor només va inserir l'objecte al cony per lubricar-lo.

L'objecte sexual estava destinat al darrere.

Es va preparar mentre la petita joguina sexual era empès lentament dins del seu anus.

Va penetrar a l'anell atapeït i va entrar al seu recte.

El professor es va prendre el seu temps i va fer les coses lentament, no volent fer-la malbé.

I ella gaudia de les sensacions de sentir-se estirada.

Aviat es va oblidar del dolor que sentia per la flagel·lació.

El lleuger dolor de la joguina sexual al seu cul era molt més potent i excitant.

Quan la petita joguina sexual va estar dins del seu darrere, el professor el va deixar allà com una estimulació.

Després, el so d'un paquet en obrir-se va ressonar a l'habitació silenciosa.

"Què estàs fent?" Cynthia va preguntar amb la cara encara cap avall.

"M'estic posant un condó. Em follaré el cony perquè ets una puta".

Aquestes paraules van enviar un pessigolleig per la seva columna vertebral, i una emoció al seu cony.

Tot i que tenia els turmells lligats, va fer tot el possible per estendre més les cames.

Ella volia ser follada.

Ella volia ser utilitzada com un tros de carn.

Sabia que el professor no la decebria.

La va agafar fortament pels malucs i va pressionar la polla dura contra els llavis.

Va empènyer suaument i va entrar.

Va ser una entrada fàcil ja que ella estava separada i profundament excitada.

El cony de Cynthia era un cúmul de desig calent.

El professor va assaborir la sensació del cony de la seva alumna universitària.

Després va empènyer fins al fons, fent que Cynthia pressionés la seva cara sobre la taula i panteixés.

El professor va col·locar les dues mans sobre les espatlles de Cynthia, estirant-la cap amunt.

Lentament va moure els seus malucs, follant-la.

Cynthia gemegava cada vegada que ell empenyia la seva polla dins del seu cos.

Amb les mans lligades va estrènyer amb força mentre estirava la corda.

El seu delicat cony estava rebent una dura follada i els seus gemecs es van fer més forts.

Ell va acariciar els cabells amb una mà, assegurant-se que estigués darrere de la seva esquena.

Després es va ajupir amb la mateixa mà per acariciar una de les seves petites pits, pessigant el inflat mugró rosat.

"Ets la meva puta?" va preguntar amb una veu depravada.

"Si."

"Digues-ho."

"Sóc la teva puta", va gemegar. "La teva puta bruta".

Ell va continuar follant-la encara més fort.

Ell va continuar prement la seva espatlla amb una mà, i doblegant la seva teta amb la seva altra mà.

"No ets feminista amb mi, oi?"

"No."

"Què ets?" va preguntar.

"Sóc la teva puta", va gemegar. "Necessito ser tractada així".

Ell la va fotre encara més fort.

El seu sexe calent feia forts sorolls d'espetec des de la seva entrecuix colpejant el seu suau del darrere cada vegada que ell donava una empenta.

Els seus gemecs es van convertir en sorolls de respiració erràtics quan va començar a perdre el control dels sentits del seu cos.

Ella es va deixar anar.

Ella va entregar completament el seu cos al professor.

Tota ella n'era.

Ell va usar les dues mans per acariciar els seus pits i pessigar-li els mugrons amb força, la qual cosa la va fer panteixar de dolor.

Els va pessigar més fort, fent-la panteixar una mica més.

"Jo... necessito córrer-me..." va dir ella feblement.

"Digues-ho més fort!"

"Necessito córrer-me! Si us plau!'

Sabia exactament què fer.

El professor va abaixar les mans.

Una per sostenir el maluc.

L'altra es va ajupir per acariciar el clítoris.

Cynthia va gemegar en el moment en què ell va fregar el seu clítoris en un moviment circular.

En aquell moment, Cynthia estava sent estimulada pel seu cony sent follat, la joguina sexual al seu cul i el dit jugant amb el seu clítoris.

Ella va cridar en veu alta, sense importar-li si els veïns la podien escoltar.

Probablement ho van fer.

Qui estigués escoltant probablement estaria excitat.

A ella no li feia res.

Cynthia va cridar i els seus dits es van corbar.

Els seus braços i cames van estirar la corda amb totes les seves forces, però va anar en va.

La seva esquena baixa va intentar arquejar-se, però la subjecció era massa forta.

El seu rostre es va recargolar de plaer.

Els seus ulls es van obrir.

Ella es va venir.

Poderosament.

Els fluids eren per tot arreu.

El seu petit cony s'havia convertit en una aixeta sexual.

El professor s'acostava al seu orgasme.

Fins i tot quan el cos de Cynthia s'havia tornat flàcid i sense energia, ell va continuar follant el seu cony xopat fins que va estar satisfet.

Va disparar grans quantitats d'esperma dins del condó que duia posat.

Ell va grunyir, i després les seves empentes es van aturar abans de recostar-se sobre l'esquena de Cynthia per descansar.

Tots dos eren un complet desastre suat quan va acabar el sexe.

Ell contínuament va seguir besant els cabells a la part posterior del seu cap.

"Ets una deessa", va grunyir, sense alè. "Una veritable deessa. Has fet un home completament feliç".

Cynthia seguia exhausta, i respirava amb dificultat.

“I la teva dona no ho fa?” Va dir ella en un sospir.

“I el teu xicot?” Va dir ell igualment en sospir.

Tots dos van riure.

"Deslliga'm", ella va aconseguir tornar a parlar suaument amb un lleu alè.

El professor va treure la polla flàcida, coberta amb el condó, del seu cony i va començar a deslligar-la.

Quan va estar lliure, Cynthia es va estirar a terra, damunt dels seus propis fluids vaginals.

El professor es va asseure al seu costat, acariciant el cabell suau.

"Et donaré el que vulguis. Faré el meu esforç més gran. Ets magnífica".

Ella se'l va mirar.

"Tu també. Mai... mai abans m'havia corregut així".

"Tenim uns pocs dies més per estar junts. Tinc la intenció d'aprofitar-los al màxim. Durant els propers dies, seràs la meva petita gateta sexual bruta. Després podràs anar-te'n a casa amb la teva família i el teu xicot i gaudir del teu descans".

Ella va somriure.

" Ja estic gaudint del meu descans."

Amb això, Cynthia va recolzar el cap a la falda del professor.

Ella li va retirar el condó mullat.

Es va emportar el penis flàccid a la boca i va xuclar la resta de semen.

El professor va gemegar.

DOCTORA MOLT COMPRESSIVA

"La doctora l'atendrà de seguida, senyor; només assegui's allà, si us plau".

Andrew va assentir mentre pujava a la taula d'examen i s'asseia.

Un plec del paper de seda omplia la taula llitera.

Es va abaixar la màniga de la camisa mentre la infermera tancava la porta darrere seu, sospirant.

Li havia costat molt convèncer-se d'anar al metge per això, però finalment n'havia tingut prou i n'estava fart.

Sense esmentar que estava frustrat amb el propi cos.

Va semblar passar una eternitat abans que la porta s'obrís novament, però quan la jove finalment va entrar, trencant els pensaments errants d'Andrew, aquest va determinar que va valer la pena l'espera.

"Hola, senyor Harrison, lamento l'espera. He tingut una gran quantitat de pacients que he hagut d'atendre avui".

La doctora va anar al seu escriptori i va prendre un portafolis, que hi havia deixat la infermera, amb les notes que ella havia pres després de les preguntes que m'havia fet sobre l'objecte de la meva visita.

"Sens dubte, tots ells han guanyat alguna raó per venir a veure-la, doctora, sé que certament jo ho faria!"

Els seus ulls, d'un bell to blau en què va sentir que podria anar a nedar-hi, es van aixecar del portapapers per trobar-se amb els seus.

Un somriure va aparèixer estirant les vores dels seus llavis.

Llavis molt, molt ben formats.

"Està tractant de dir-me que va venir avui aquí per fer-me perdre el temps, senyor Harrison?"

Va riure entre dents.

"Lluny d'això, tristament, doctora Martínez. Em temo que tinc un problema molt real, encara que vostè és la primera persona que hi vinc a veure".

Va abaixar la vista cap al porta-retalls.

Mentre estava asseguda al petit escriptori llegint, vaig veure com creuava les cames.

Era una dona llatina més aviat baixeta, però les cames nues, sota la falda de la bata mèdica, semblaven durar quilòmetres.

Andrew es va trobar desitjant que la faldilla llapis no acabés just per sobre dels seus genolls.

"Aquí diu que vostè es va negar a parlar amb la infermera sobre la naturalesa exacta de la seva visita, senyor Harrison, així que... parli ràpid amb mi, si us plau, abans de poder continuar".

Les espatlles d'Andrew es van enfonsar una mica, ja que esperaven entaular una conversa amb aquesta dona una mica més privada abans que ella interrompés els seus pensaments amb el propòsit de la visita.

Però... va suposar que ella havia d'assegurar-se que no fos només un hipocondríac que havia llegit massa sobre algun tema a Internet.

"Jo eh... bé, sembla que tinc alguns... problemes continus i persistents al dormitori".

Ella va arquejar una de les celles fosques i perfectes, i ell no va poder negar que això li va donar una mica d'emoció quan els seus ulls el van recórrer amb intriga.

"Sembla ser un home relativament jove en ... bé, excel·lent condició física, senyor Harrison. Abans d'entrar en més detalls sobre els seus problemes, digui'm. Per què va triar venir aquí? Sembla un nou símptoma. Sé que mai he tingut a ningú que hagi vingut aquí abans amb aquest problema, llavors, qui li va recomanar a mi?

"Bé, per ser honest, doctora, normalment no vaig als metges. Realment no m'és necessari, i de fet per a aquest problema en particular, jo ... realment no em sento molt còmode anant a un metge per parlar sobre aquest tipus de coses."

Ella va somriure del tot, aquesta vegada.

Va deixar el porta-retalls a la taula mentre es girava cap a ell directament, ajuntant les mans al voltant del genoll.

"Dues coses, senyor Harrison. Primer, truqueu-me senyoreta Martínez o Rosa. En segon lloc, crec que serà millor que establim ara una premissa: Ha de ser completament honest i directe, d'acord?

Sembla que aquesta és una situació delicada per a vostè, així que crec que és important que tractem això amb serietat i sense prejudici, ja que aprofundirem en alguns motius força personals. ¿no és així?"

"Absolutament, Rosa. I truqui'm Andrew, si us plau".

Ella va assentir.

"Molt bé, Andrew. Digues-me, exactament de quin tipus de problemes estàs parlant ? Ejaculació precoç? Dificultats per desenvolupar una erecció?"

Andrew va sentir que les seves galtes s'omplien de calor, es va arrossegar una mica sobre la taula llitera deixant un el so del paper xiuxiuejant i va respondre:

"Bé, mai vaig tenir cap problema anteriorment, ni tan sols la meva primera vegada. Però... suposo que tinc dificultats per arribar i mantenir-me dur. L'important és que no he pogut arribar a l'orgasme en més d'un any". "

"Déu, tot un any; crec que moriria si em passés això a mi. Tens alguna idea de per què això pot haver començat a passar? Alguns canvis o coses dolentes han succeït a la teva vida, alguna dolenta una experiència amb una amant ? Pèrdua d'interès en la teva dona?"

"Oh, no he tingut cap problema amb la meva dona o amb cap amant".

La Rosa va somriure, però li va fer un gest encoratjador perquè continués quan es va aturar a pensar.

"Realment no puc pensar en res. He viscut en la mateixa situació durant uns quants anys. Em vaig casar fa temps, i no he tingut cap nova amant des de fa un parell d'anys".

"Diries que normalment portes una vida sexual activa? O alguna cosa ha canviat a partir del moment en què això va començar a succeir?"

Andrew va arronsar les espatlles.

"Certament ha canviat la situació des que això va començar a succeir. Vull dir que tinc algunes amigues amb qui m'agrada tenir relacions sexuals, ja que tenim una entesa mutu. La meva dona fa temps que no em toca així que no se n'ha donat gaire compte De tant en tant conec alguna dona en algun bar, de la qual cosa podria semblar que hi hagués alguna cosa més que una amistat, però al final ningú que acaba de fer desaparèixer el problema que no se'm posi dura, suposo ".

"I aquestes amigues teves, les noies amb qui entres en relació saben elles que tens altres amigues? Què tens esposa? Estan bé elles amb això? O això ho mantens en secret?"

Andrew va sacsejar el cap.

La Rosa es va inclinar endavant mentre parlava, i ell va notar que la seva part superior, encara que no era curta, semblava tenir amplis espais entre els botons.

L'estetoscopi que s'havia col·locat al voltant del coll va quedar atrapat en un d'ells, i semblava oferir una petita vista d'alguna porpra a sota mentre canviava de postura i estirava la tela.

"Si estic en una relació consentida, no tinc perquè mentir-les. No amago res si em pregunten. M'asseguro que quedi clar que les altres noies són també les meves amigues, i que sóc casat si els interessa. I també resulta que hi ha amigues que tinc que és agrada molt el sexe, però, si alguna volgués moure's cap a l'exclusivitat, per descomptat que parlaria amb ella perquè no continuaria fent-ho. em diu molt més sobre aquesta noia que qualsevol altra cosa em podria dir."

"Hmm. I diries que mai podries deixar de tenir sexe amb aquestes amigues?"

"Són les meves amigues. Una vegada vaig estar sortint amb una noia on vam progressar fins a aquest punt, però vaig deixar de veure-la perquè ella estava pensant que jo fos exclusiu per a ella sola".

"Com va passar això?"

"Ella, aparentment, es va oblidar d'aquell petit detall que havíem acordat".

"Ja veig. Digues-me; diries que ets poliamorós o tens tendències poliamoroses?"

Andrew va arrufar les celles una mica, una mica confós sobre com això es relacionava amb el seu problema, però disposat a bregar amb això.

"Diria que estic obert a això, sense necessàriament necessitar-ho. Sento que mentre una parella sigui oberta i honesta amb el que volen i esperen del comportament de l'altre, aleshores el sexe ha de ser el que vulguin que sigui entre ells".

"I exclusiu?"

"Segur que pogués ser. Entre ells, però oberts a experiències amb altres, ja sigui tots dos junts o per separat, sempre que tots dos siguin honestos i hi estiguin d'acord. Certament he estat en relacions on compartim cadascun els seus amics, o les seves amigues, i així successivament. Com vaig esmentar, el contrari també, l'exclusivitat".

"Però només una?"

"Altres volien passar a l'exclusivitat també immediatament, però... això em sembla una ximpleria".

Andrew va arronsar les espatlles, però Rosa va arrufar les celles.

"Per què és això?"

"Bé, per exemple, amb tu. Si comencéssim a veure'ns. No et conec, però certament et trobo atractiva. Si comencem a sortir, suposo que també em trobaries atractiu; llavors, què hi ha de dolent a gaudir l'un de l'altre sexualment sense exclusivitat, si en som responsables?

"Aleshores, quina és la diferència entre cites i amigues amb beneficis?"

"Tot el propòsit de les cites és trobar algú amb qui vulguis compartir la teva vida, oi? Idealment per un llarg període de temps, si no és per sempre quan es tracta del matrimoni. Amigues... poden agradar-te, o gaudir del sexe entre ells, però han arribat a descobrir, junts o per separat, que no treballen bé com a parella, a llarg termini, oa la unió diària, però això no vol dir que no puguin tenir un bon sexe i fer-se sentir bé l'un al un altre".

Rosa va riure entre dents.

"Honestament, aquesta és una perspectiva força saludable. Tant de bo tingués alguns amics amb beneficis a la meva vida, com tens tu, ja que necessito desestressar-me molt últimament".

La Rosa es va incorporar, gairebé com si reprengués un comportament professional.

"Exem. De tota manera, està bé; així que... no hi ha hagut cap esdeveniment, sexual, professional o personal, que hi pugui haver... desanimat o agregat molt estrès, o alguna cosa així?"

"No que se m'acudeixi".

"I no et pots córrer ni tan sols en masturbar-te? O per tenir relacions sexuals amb algunes d'aquestes amigues teves amb què mai abans has tingut problemes?"

"No, en absolut. I mai he tingut problemes abans per treure'm, tampoc. Això és realment frustrant".

"I dius que tens problemes per aconseguir i mantenir una erecció".

"Sí, vull dir que m'emocionaré, em posaré rígid, però encara una mica uhmmm ... fluixet, si vols dir-ho així. Això fa que sigui difícil la penetració, saps? I per ser franc, ja que hem dit que ho serem, a un parell de les meves amigues REALMENT els encanta que només entre el cap, part de la raó per la qual ens vam fer tan bons amics, i REALMENT som bons en això.Però, tot i així. Puc acostar-m'hi, probablement més a prop que amb qualsevol altra cosa, que fins i tot amb les meves pròpies mans, però no puc arribar al clímax".

"Tampoc et poden posar completament dur?"

Andrew va sacsejar el cap.

Rosa va arrufar les celles, els seus llavis arrufats en els seus pensaments.

Ella va tamborejar amb els dits contra el genoll, i Andrew va tenir problemes per no fantasiejar sobre com se sentiria tenir aquests llavis al voltant de la seva polla.

S'havia excitat tan aviat com ella havia entrat, però en realitat podia sentir que la seva polla es posava una mica rígida cada vegada que tornava a mirar aquella petita obertura convenient a la seva brusa.

De sobte, ella es va posar dreta.

"Bé, Andrew, crec que haurem de fer un examen físic per assegurar-me descartar certes coses. T'importaria despullar-te?"

Andrew immediatament va estendre la mà per començar a desembotonar-se la camisa.

"Bé, normalment, Rosa, insistiria a primer un bon sopar, almenys, però per a tu..."

Rosa es va posar vermell una mica i es va mossegar el llavi inferior, ajuntant les mans davant seu.

"Uh... normalment, el pacient espera mentre el metge surt, perquè pugui treure's la roba i posar-se una bata mèdica. Després, el metge truca a la porta i torna a comanda del pacient".

Andrew va arronsar les espatlles i va continuar descordant-se la camisa per exposar el seu pelut pit.

"Quin és el punt? Examinaràs els meus genitals, i podries veure'm sense camisa fora en un calorós dia d'estiu fàcilment. A més, tens pressa i no m'importa. No sóc tímid. Definitivament res que no hagis vist abans".

Rosa va riure entre dents, els seus ulls van caure per recórrer el tors d'Andrew mentre ell es treia la camisa.

"Bé, definitivament res que no hagi vist abans, però... si estàs d'acord, suposo que no hi ha problema. I saps, òbviament no t'aturaràs de totes maneres".

Andrew va riure, posant-se dret i ajupint-se per començar a descordar-se els pantalons.

"Escolta, certament tampoc sembla que te'n vagis".

Ella li va somriure mentre sacsejava el cap, retrocedint una mica quan ell va baixar de l'esglaó de la taula d'examen per aturar-se al pis.

Els pantalons d'Andrew van tocar el pis i ell se'ls va treure, mirant-la amb un somriure juganer mentre enganxava els polzes a la cintura dels seus calçotets boxer .

"Hauries d'enfrontar-te a la gran revelació, o preferiries capgirar-te i veure després?"

Ella va riure, tornant la seva expressió juganera, les seves mans agafant el seu estetoscopi.

"Només enfronta'm; no estic segur que pugui resistir colpejar-te el darrere si te'n capgires".

"Bé, en aquest cas..."

Andrew ràpidament es va girar i es va inclinar mentre baixava els seus calçotets boxer , movent el seu darrere ara nu en direcció a Rosa i girant el cap per mirar-la per sobre de l'espatlla.

Tenia una mà cobrint la boca, rient en veu baixa.

"Ets DOLENT, Andrew Harrison. Aquest és un comportament molt inapropiat en una relació mèdic / pacient!"

"No diré res si tu tampoc, Rosa Martínez".

Ella va posar els ulls en blanc mentre deixava caure la mà, però Andrew va notar que els seus ulls viatjaven per tot el cos quan es va girar per mirar-la, recolzant les mans als malucs.

"Aleshores... i ara què?"

La Rosa va abaixar la vista deliberadament, alçant una cella amb un somriure.

"Bé, certament sembla que no estàs tenint moltes dificultats ara...!"

Andrew va seguir la seva mirada; el pollastre estava rígid, això era evident.

La Rosa era una dona molt atractiva, i ell s'estava divertint coquetejant amb ella.

"Bé, un cadàver es posaria rígid en estar nu a la mateixa habitació que tu, Rosa; encara que no és el mateix que una erecció completa!"

Ella va posar els ulls en blanc i va somriure una mica, però realment semblava intentar una mica de professionalisme continu.

Va aixecar la mà per treure's l'estetoscopi, però en fer-ho, se li van obrir un parell de botons a la brusa.

Els ulls d'Andrew es van engrandir quan es va girar per obrir un calaix.

"Torna a pujar-te a taula i aconseguiré uns guants..."

Andrew va fer el que li va demanar, preguntant-se si els botons desplegats conduirien a una millor vista.

Admirant la part del darrere de la Rosa quan ella li donava l'esquena, la seva ment es desplaçava a múltiples escenaris sòrdids.

"Bé, això és un inconvenient".

Es va girar per sostenir un sol guant mèdic blau en una mà i una caixa buida a l'altra.

"Hauré d'anar a buscar una caixa nova. Potser t'hauries de posar un..."

"¡ Pshh ; si us plau! En tens un. No estàs investigant ferides obertes ni res invasiu. No estic exsudant res enlloc. Estic d'acord si estàs d'acord amb això".

La Rosa va sacsejar el cap.

"Absolutament no, viola ni tan sols sé quantes regles, i la més gran la ruptura de l'esterilització, i ..."

"Doctora Rosa. Necessites fer un examen físic de l'àrea per assegurar-te que no hi hagi anomalies, oi? No és com si estiguessis ingerint alguna cosa o tinguessis ferides obertes a la teva mà, oi? Tampoc posaràs els teus dits a qualsevol part de mi".

Ella el va mirar als ulls.

"És molt possible que necessiti examinar la seva pròstata, honestament parlant".

"Bé, tens un guant".

"Podria haver caminat simplement pel passadís per prendre una caixa nova i haver tornat".

Andrew va somriure, aixecant les mans, encongint-se d'espatlles i inclinant el cap cap a un costat.

"I tanmateix no ho vas fer..."

La doctora Rosa va posar els ulls en blanc amb exasperació i ràpidament es va posar el guant a la mà esquerra, sacsejant el cap cap a ell.

No obstant, va poder veure la lleu estrebada d'un somriure als seus llavis i arrugar les vores dels seus ulls.

"Ets impossible! Obriu les cames, senyor!"

Intentant no mostrar la seva pròpia anticipació, Andrew immediatament va obrir les cames per donar-li a la Rosa el màxim accés possible.

Va lluitar per no sospirar de plaer en sentir la carn càlida, suau i nua de la mà dreta de Rosa enroscar-se al voltant del seu membre, seguit pel guant sec i fred de la mà esquerra fent bosses.

Els seus dits van començar a sondejar acuradament la seva longitud mentre manipulava el seu sac de pilotes, arrufant les celles per la concentració i lluint increïblement sexy mentre s'inclinava lleugerament.

Els ulls d'ell es van obrir de bat a bat quan la seva camisa va caure una mica per revelar una deliciosa i cremosa extensió de pits suaus, buida i sostinguda per un sostenidor amb volants de color porpra.

Va sentir que se li accelerava el pols, va sentir que el seu membre s'aixecava amb excitació i emoció tant pel contacte com per la vista.

"No estic sentint cap mena de cops o trencaments anòmales, així que això és bo. De fet, en realitat puc... oh! Bé, llavors... algú certament està responent terriblement de sobte..."

Ella va aixecar la cara per mirar-lo, i Andrew va sentir que una altra onada creixent de desig i tensió sexual augmentava.

Com se sentiria enfonsar la seva polla en aquesta boca parcialment oberta i sentir el talent de la seva llengua a la seva ansiosa polla?

Ell va apartar els ulls nerviosament, tement que ella veiés la luxúria nua i crua en ells.

"Jo eh... bé, Rosa, uhmmm ... per ser sincer..."

Va ser un ... problema cerebral, no només a causa de la tècnica d'examen purament clínica el que va començar a donar aquesta sensació?

Andrew no podia estar segur.

No obstant, va sentir la urgència gairebé aclaparadora de començar a empènyer contra la seva subjecció.

"Andrew, recorda; vam dir que seríem sincers i honestos l'un amb l'altre. Sense prejudicis".

Andrew es va tornar a contracor per mirar-la.

El seu rostre estava tranquil, però... semblava haver una mica de brillantor als seus ulls.

D'alguna manera ... específica, ella estava arrufant els llavis.

Anticipació?

La vista de les mans sobre ell, la proximitat de la cara a la cama.

Si ella tornava el cap, ell probablement pogués sentir el frec de la seva respiració contra la pell.

La vista dels seus pits d'aspecte força sorprenent també era espectacular.

La manera com la va veure inconscientment d'aquesta manera (involuntària, innocent, però clarament íntima i privada) va ser intoxicant.

Va sentir que la seva polla es contreia a les mans, la seva excitació semblava estar fora de control.

"Llavors, honestament, Rosa, ha passat molt, molt de temps des que vaig tenir una dona clarament intel·ligent, divertida, encantadora i simplement enlluernadora que em captivés i m'excités fàcilment. Tens la teva mà sobre la meva polla, i jo tinc una vista increïble de la teva camisa que em fa adonar de quant de temps ha passat des que vaig veure un gran parell de pits tan bonics, i, francament, no recordo l'última vegada que vaig estar tan cachond o morint per tenir sexe salvatge.

Els ulls de la Rosa es van eixamplar, la seva mà enguantada va caure cap a ella per tocar el forat de la camisa mentre mirava cap avall.

Les seves galtes immediatament van envermellir amb un escarlata profund i brillant.

Ella el va mirar, mossegant-se el llavi inferior, però ell va notar que no treia la mà nua del seu membre mentre baixava la mà enguantada, simplement dirigint els seus ulls a la seva polla dura i després de tornada a la cara.

Les seves mirades es van trobar.

Andrew es va quedar sense alè.

"Jo... ni tan sols puc... tinc... estàs dur com una roca. No tens cap problema en absolut!"

"Per primera vegada en més d'un any. Gràcies a tu. Ho prometo, no ho estic inventant".

La sobtada calor dels llavis de Rosa mentre aquests embolcallaven ansiosament el cap inflat de la polla d'Andrew els va fer gemegar a tots dos.

Les mans d'Andrew es van apoderar de les vores de la taula d'examen mentre veia la boca de la Rosa descendir sobre la seva polla.

Va sentir la seva suau llengua llepant, fregant i estimulant la part inferior de la seva erecció mentre l'inhalava a la boca.

Ella va roncar al voltant de la seva palpitant polla, succionant-ho mentre els seus dits prenien un tipus completament diferent de toc i carícia a les seves boles.

Els seus ulls cremant amb una intensa necessitat que semblava reflectir la seva, observant-ne la reacció quan ella va començar a complaure'l.

Mentre el seu cap començava a lliscar cap amunt i cap avall sobre ell.

Ell estava fascinat per les seves accions, els moviments rítmics sobre la seva adolorida polla, i la sexualitat crua que sentia a la seva mirada mentre ella donava testimoni del plaer que li estava donant.

El delit que òbviament sentia en ser la font d'això era indescriptible.

Els seus ulls es van desviar cap als breus i sacsejats centelleigs del seu escot embolicat en sostenidor.

Ella se'n va apartar bruscament, panteixant suaument, mirant els botons descordats abans de somriure.

"Vols veure més...?"

Ell va assentir amb el cap, intentant no fixar-se en la cadena de saliva que s'estenia lentament des dels seus llavis humits fins al brillant cap de la seva polla.

Estava desembotonant la seva brusa per a ell, deixant-la caure a terra darrere seu i immediatament estirant la mà per descordar els fermalls de la seva sustentació.

Ella va observar la seva reacció mentre lentament se la treia del seu cos, somrient-li juganerament mentre els seus bells i pàl·lids pits es lliuraven del seu confinament.

Andrew va gemegar en silenci davant la vista.

Sense dubtar-ho va estendre una mà per agafar el pit esquerre nu.

Va acariciar la càlida i deliciosament suau anatomia de la doctora Rosa Martínez.

"Oh, Déu... Rosa...!"

Els seus ulls es van estrènyer, un calfred visiblement la va fer tremolar contra ell.

Ella va aixecar la mà, col·locant-li un dit sobre els seus llavis.

"Ha passat molt de temps des que un home em va tocar així... He estat tan ocupada que mai surto gaire...! Nosaltres... no podem fer massa soroll..."

Ell va besar el dit, lliscant la seva llengua sobre la punta d'aquest i xuclant-lo juganerament, lentament, mentre la mirava.

Ell va estrènyer el pit a la mà, fent-la gemegar en veu baixa mentre li murmurava:

"Això no hauria de ser... tot sobre mi. Et desitjo, Rosa. Tot el que és teu. No només la teva boca, ni tan sols el teu sorprenent pit. Tots dos podem gaudir l'un de l'altre, fer-nos sentir bé l'un a l'altre".

El seu rostre estava envermellit per l'excitació (el seu pit tenia un to rosat, fins i tot) i ell podia sentir el mugró dur i sobresortint contra el seu palmell.

Va sentir la mà lliscar pel pit i tornar a baixar per agafar la polla.

Fent-li una encaixada, un cop molt deliberat, aquesta vegada.

"Estàs net...? No...?"

"Sí, tu?"

Ella li va respondre fent un pas enrere i estenent-se per agafar la cremallera de la seva faldilla .

Ella es va llepar els llavis mentre mirava la seva erecció balancejant-se a l'aire.

La seva faldilla va lliscar per les cames sense esforç, seguida de prop per un parell de calces sedoses de color porpra, tallades afalagadorament.

L'aroma de la seva emoció era forta, i Andrew va poder veure la lluent humitat que va centellejar a les cuixes internes de Rosa, que literalment es va adornar al llarg dels seus suaus llavis.

"No estic segura que puguem durar molt..."

Ell va riure en veu baixa, llepant-se els llavis mentre s'asseia de nou a la taula d'examen amb un plec de paper de seda.

La Rosa estava pujant a l'esglaó, lliscant una cama sobre el cos mentre s'acomodava sobre ell, respirant amb entusiasme.

Ella va agafar la polla (li tremolava la mà?) i el va mirar.

Ell va lliscar les seves mans al llarg de la suavitat del seu cos nu amb reverència fins que es va assentar als malucs.

La va atreure cap a si, recolzant la seva punta palpitant contra la seva entrada humida, però sense anar més lluny.

"No seràs l'única, Rosa. Certament espero que estiguis d'acord amb això. Sense prejudicis, recordes?"

Van lluitar per gemegar en silenci mentre ella lliscava sobre ell.

La calor humida del seu cos l'envoltava còmodament i abraçava la seva adolorida erecció al més profund de les seves profunditats.

Va tirar el cap enrere, amb la boca oberta en silenci, mentre el prenia del tot.

Va començar a estrènyer els malucs contra el seu cos.

El seu pit es va agitar, convidant les seves mans a assolir i agafar-los a tots dos, prement suaument mentre ell tremolava sota d'ella.

La seva veu tremolosa va aconseguir mantenir-se majorment baixa mentre reaccionava.

"Ohhhhh! Diossss ...!"

Ella va plantar les mans contra el pit mentre baixava el cap per mirar-lo àvidament.

Els seus malucs van començar a balancejar-se mentre començava a muntar-ho.

Les mans d'Andrew van lliscar al llarg de la seva pell, acariciant els costats del seu cos, prement els malucs abans d'estirar-se per agafar el seu cul ferm i tonificat.

Els seus dits es van corbar contra ella, cavant en la seva carn mentre l'atreia amb més força contra ell, mentre feia servir les cames per enfrontar els seus moviments amb les seves pròpies empentes.

Ell panteixava sota d'ella.

"Sent... així que... bé, Rosa... maledicció... bé!"

Ella va somriure tímidament, però només va augmentar el ritme, fotent-lo desesperadament, amb els ulls entretancats mentre grunyia amb profunda satisfacció.

El paper es va arronsar sota Andrew que ja estava fora de control en reacció als seus moviments.

Va intentar no moure tant la part superior del seu cos, però fins a cert punt, no li va importar.

La seva polla palpitava ansiosament dins els estrets límits de la Rosa, una duresa total que no havia pogut gaudir en gaire temps.

Podia sentir cada ondulació del seu cony relliscós mentre ella el muntava .

Cada encaixada i estremiment dels seus músculs interns mentre esclataven com dos animals.

El seu cony es contreia cada cop amb més freqüència.

El ritme enèrgic de la Rosa es tornava cada cop més frenètic, fins que va sentir que se li tallava l'alè.

Va veure que la seva columna vertebral es tensava mentre s'arquejava enrere i va sentir el seu clímax a la polla.

No obstant, ella no es va aturar en absolut.

La Rosa va seguir endavant, mossegant-se el llavi inferior mentre gemegava el seu delit amb la boca tancada.

Andrew podia sentir les seves boles estrènyer-se, sabia que no duraria gaire més.

La idea que es tornaria tou de nou, i que perdria la capacitat de seguir follant amb aquesta bella i sexy deessa, era horrible, però no ho va poder evitar.

Se sentia massa bé.

AIXÒ se sentia massa bé.

Jadeando, va moure una de les seves mans, va buscar entre els seus cossos suats i xocant, i va trobar el seu clítoris per fregar-lo mentre ho follava.

Els ulls de la Rosa es van obrir de bat a bat, la seva mirada la va trobar novament mentre la seva boca s'obria en un crit silenciós.

El seu cony es va prémer al voltant d'ell, fins i tot més fort que abans
.

Completament incapaç d'evitar-ho, Andrew va sentir el seu orgasme, el primer en més d'un any, que ho arribava del tot.

Dolls durs i gruixuts d'esperma van explotar dins del cony de Rosa, fent que Andrew gemegara incontrolablement.

Fins que la Rosa, enmig del seu propi bec, va colpejar amb una de les mans sobre la boca per mirar de silenciar-lo.

La seva boca somrient salvatgement mentre van tremolar l'un contra l'altre, units a l'èxtasi.

Amb indulgència completa pel plaer dels cossos de l'altre.

El seu cos es va retorçar sota ella, i ella va fer tot el possible per aixafar contra ell .

Mentre ell continuava bombant més i més esperma al cony que acceptava amb avidesa.

La frustració sexual acumulada d'un any finalment es va disparar al cos de la Rosa.

Cada brot semblava relaxar tota la tensió dels músculs d'Andrew en un nivell completament nou que el va deixar flotant a un mar de felicitat com si hagués estat drogat.

Ofegant una riallada mentre es desplomava sobre ell, mentre les seves mans acariciaven el seu cos amb avidesa, Rosa va moure el seu cap sobre el seu pit pelut, panteixant mentre el mirava.

"No puc creure que acabem de fer això...! Déu, això va ser molt semen..."

Els braços d'Andrew es van embolicar instintivament al voltant del cos de la Rosa, abraçant-la mentre les mans acariciaven la suavitat de la pell amb reverència.

El pit pujava i baixava ràpidament mentre intentava recuperar-se.

Un somriure trencava la cara mentre la mirava.

"Un any, o almenys gairebé. I sento que encara en tinc més".

Ella va roncejar encantada, fent que el seu pit vibrés.

Andrew va jurar que podia sentir el seu espasme al voltant del seu suau, a la seva sorprenentment rígida polla, encara allotjada dins d'ella.

"Res m'agradaria més que munyir-te fins a l'última gota, amb el meu cos o la meva boca, però com més temps sigui aquí, més probable és que una de les infermeres entre... i NO PUC Que es presenti una demanda per negligència o assetjament contra mi!"

Andrew va aixecar una mà per agafar la galta de Rosa, els seus llavis van trobar els d'ella i la van fer un petó lenta i sensualment.

Ell va tancar els ulls, assaborint la sensació dels seus llavis, del seu cos.

Com es delectava un en el seu estupor postorgàsmic amb una dona tan increïble!

"Gràcies, Rosa. Això va ser... increïble. No puc descriure com de bé es va sentir poder sentir-se així de nou".

Les galtes de la Rosa es van enrojolar mentre es mossegava el llavi inferior.

"Realment vols dir això...?

En realitat no t'has posat dur o arribat al clímax el darrer any?"

Andrew va riure una mica, encara fregant el polze contra la galta.

La seva altra mà es va moure per fer fora el seu darrere nu.

Se sentia bé tornar a estar així amb una dona.

"Què, vas pensar que estava mentint sobretot això?

Només per ficar- me als teus calçons?"

Ella va arronsar les espatlles, somrient una mica tímidament.

"No seria la primera vegada que em passa una cosa semblant. A la majoria de les noies els passa això".

"T'ho juro, no he tingut un orgasme en més d'un any fins ara, i no m'he endurit tant almenys fins ara. Aquesta va ser la primera vegada que vaig poder penetrar una dona, i encara menys córrer-m'hi o fer-la córrer sobre la meva polla, durant més d'un any. Em sento eufòric i deliciosament generós en aquest moment".

Rosa va riure, inclinant-se per robar un petó ràpid dels seus llavis, però també es va asseure.

Ella va moure els seus malucs contra ell per un moment, somrient àmpliament mentre ho feia amb els ulls entretancats .

Però lentament es va alliberar de la polla.

Un diluvi de semen va escapar del seu conyet i va lliscar pel seu cos, acumulant-se al llarg de la seva pelvis.

"Bé, llavors, em sento increïblement afalagada, així com immensament alleujada. Per ser sincera, ha passat molt de temps des que es van ficar al llit amb mi, encara que el meu vibrador i jo som amics freqüents. I jo ... mai havia fet una cosa així abans . .. "

Semblava nerviosa, però Andrew no va poder evitar somriure.

Si bé certament havia tingut una bona quantitat de connexions i sexe casual, això ... era una cosa completament diferent, i no estava realment segur de què dir ell mateix.

Va veure el toll de semen quan va baixar a terra, i gairebé es va girar per anar a prendre alguna cosa per netejar-lo, però ell la va observar aturar-se, mirar-lo.

Després simplement inclinar-se i portar-lo de tornada a la boca.

La seva llengua llepant la seva llavor vessada mentre ella xuclava lleugerament sobre ell.

Andrew panteixà, prement les mans a les vores de la taula mentre la seva esquena es posava rígida, però no podia apartar la seva mirada del que estava fent.

La seva polla bategava de plaer, fins i tot després que ella se n'allunyava lentament.

Abans va ser la punta del seu membre, i després va llepar alguns flocs errants de semen de la seva carn.

Ella li va somriure tímidament mentre es redreçava de nou, mirant la polla.

Clarament estava completament dur de nou.

"Sembla que ara no té problemes per posar-se dur, senyor Harrison".

Andrew es va estremir feliçment, intentant seure cap endavant, per recuperar la roba mentre veia la Rosa inclinar-se per recollir la seva.

"Crec que em va curar, senyoreta Martínez".

Ella va somriure, però mentre li lliurava una mica de la roba, va ajupir una mà per tocar la seva polla juganerament.

"No estic d'acord, senyor; crec que haurà de programar una cita de seguiment més endavant aquesta setmana. Necessitem monitoritzar de prop la seva condició i assegurar-nos que no hi hagi recaigudes".

El seu somriure juganer va vacil·lar una mica.

"Això és seriós, però, però, jo... crec que probablement puguem descartar malalties físiques, però... però volem assegurar-nos. Veritat, no?..."

Andrew va aixecar una mà, somrient suaument.

"Entenc, doctora Rosa. I m'encantaria tornar a la consulta. Oficialment, i... fins i tot no oficialment, si estàs d'acord amb això. Jo... honestament esperava que fessis un examen ràpid i em remetessis a psicòleg. Vaig suposar que era un problema mental o emocional".

Es va posar vermell, però va assentir amb el cap mentre es posava les calces.

Un cercle fosc es filtrava lentament a la tela, i veure'l va fer que Andrew s'excités encara més.

Va anar a posar-se el sostenidor novament, però Andrew li va fer un gest perquè s'acostés, mirant-la amb curiositat.

Ella va cedir, tornant a acostar-s'hi.

Ell immediatament va aixecar la mà per acariciar els seus pits nus amb un sospir suau.

“Gràcies. Ho sento, només hi ets... crec que ets increïblement sexy, i les coses van ser tan apurades, jo... no volia perdre'm l'oportunitat de tocar-les mentre la tenia".

Ella va somriure suaument, inclinant-se per besar la galta abans de fer un pas enrere per tornar a posar-se la roba i tractar de reprendre la seva discussió oficial en veu alta.

"Probablement sigui això, però atès que no va informar exactament el que és a les infermeres per a la paperassa, probablement hagi de... agenciar-lo amb una altra visita aquí per poder estar segurs dels símptomes".

Ell va assentir, posant-se dret i començant a posar-se la seva pròpia roba.

La Rosa se'l va mirar poc mentre acabava de recol·locar-se la roba.

S'allisava la faldilla tub, perduda en els pensaments.

Finalment va trencar el silenci.

"Si ho desitja, jo ... feliçment acceptaria el seu número de telèfon. Per ser honesta, no estic segura de com em sento sobre això, fora de la ... calor del moment, però ..."

"Entenc completament, Rosa. Sé que... realment no ens coneixem molt bé, però... espero que sàpigues que no em prenc això a la lleugera, es pot confiar en mi, i jo... estima molt... tot el que va succeir, mai no faria servir res d'això per ferir-te, o intencionalment fer-te malbé de cap manera... Si mai vols que això torni a passar, acceptaria, respectaria i entendria aquesta elecció, però sincerament espero que no te'n penedeixis, i espero poder continuar sent el teu pacient, almenys. Vaig venir aquí per una raó, el teu historial i la retroalimentació de les teves capacitats com a metge. .

Les espatlles de la Rosa semblaven enfonsar-se una mica.

Una tensió que va deixar la seva postura mentre somreia càlidament.

"Gràcies, Andrew; realment estima això. Jo ... realment , realment vaig gaudir el que va passar també".

"Puc deixar-te el meu número llavors?"

Ella va assentir, girant-se per agafar un bloc de paper i un bolígraf.

Després li va oferir.

Ell ho va prendre i va apuntar ràpidament el seu número, i després li va tornar.

Ella va arrencar la fulla superior i la va ficar en una petita butxaca és la seva brusa.

Els seus ulls es van trobar, es van demorar un moment, després Andrew va somriure i va obrir els braços.

"T'importaria una abraçada...?"

Ella va riure, sacsejant el cap mentre s'abraçaven.

Quan van fer un pas enrere, i la Rosa es va tornar per recollir les seves coses, els seus ulls van recórrer la consulta.

A banda que el paper de seda a la taula d'examen estava horriblement arrugat, ningú no podia dir el que acabava de passar aquí.

Andrew, entenent el que estava fent, va ensumar una mica l'aire i després es va acostar a una de les finestres per obrir-la.

La Rosa va somriure tímidament, assentint.

"En aquest cas, Andrew... eh, senyor Harrison, arribarem al fons d'aquest problema que sembla tenir, però necessitarem que faci una altra cita per a un seguiment més endavant aquesta setmana, i com més aviat millor".

Es va mossegar el llavi, li va picar l'ullet, i va dir, baixant la veu:

"No em facis esperar".

.

A L'OFICINA

"Necessita res més, senyoreta Sanders?"

Vaig aixecar la vista de les files i columnes borroses del full de càlcul impres i vaig parpellejar la Vicky, la meva secretària, dreta a la porta de la meva oficina, amb la seva bossa penjada sobre la seva espatlla dreta.

En algun lloc darrere seu, podia escoltar les altres noies de l'oficina parlant mentre tancaven els seus llocs de treball per començar el cap de setmana.

Quan les seves paraules finalment es van registrar a la meva ment, li vaig donar un ràpid moviment de cap i vaig agitar els dits.

"Endavant vés-te'n. Hauria d'haver acabat aquí en uns cinc minuts. Que tinguis un bon cap de setmana".

Ella em va tancar els ulls per un moment, però només va fer ressò de les meves últimes paraules amb un somriure abans de capgirar-se i unir-se a les seves companyes de feina.

Sí, ella em coneixia molt bé.

Cinc minuts eren usualment de quinze a vint en un dia normal. Però era divendres abans d'un cap de setmana de pont de tres dies, i amb la realització d'un resum de l'informe trimestral que s'havia de lliurar dimarts al matí.

A qui estava enganyant?

Seria aquí per un parell d'hores almenys.

I això era només si em podia concentrar a treure els números adequats.

Després de la primera hora amb només una mica d'avenç, vaig fer un viatge ràpid a la màquina expenedora a la sala de descans per un refresc ple de cafeïna.

De tornada al meu escriptori amb la carbonatació fent-me pessigolles a la part posterior de la meva gola a causa d'un glop profund, em vaig quedar dreta i inclinada sobre el meu escriptori.

Potser una perspectiva diferent ajudaria.

En això vaig sentir un grunyit baix.

Lluny de sobresaltar-me, ja que coneixia l'amo d'aquell so, amb prou feines vaig aixecar la vista per veure el senyor Robert González recolzat contra el brancal de la porta, amb les mans a les butxaques dels seus pantalons ajustats.

Era l'epítom d'alt i maco, encara que no era totalment negre... almenys no a la part que es veia.

El seu cabell platejat estava retallat més curt als costats i la part del darrere, cosa que el feia semblar més vell que els quaranta i tants anys que havia de tenir.

I la seva pell lleugerament bronzejada indicava que no li feia res estar a l'aire lliure, tot i que sabia que encara no havia arribat a construir vincles amb la resta dels executius masculins.

"Apurant les últimes gotes d'energia a mitjanit, Erika?"

Vaig arquejar una cella ben cuidada i finalment li vaig contestar:

"Són les sis en punt. Tot just és mediatarde ".

Es va encongir lleugerament d'espatlles.

"És mitjanit en algun lloc".

"A Londres."

"Hmm?"

"Si són les sis en punt aquí, és mitjanit a Londres".

Robert va riure entre dents.

"Tu i els teus números".

Vaig posar els ulls en blanc i em vaig inclinar cap endavant per trobar la part superior d'una columna del full de càlcul i vaig lliscar el meu dit cap avall.

Un grunyit més profund va arribar a les meves orelles.

Vaig aixecar la vista a temps per veure'l ajustant-se el nus de la corbata a la gola.

Un segon després, em vaig adonar que podia veure la part superior de la meva brusa.

Em vaig posar dreta bruscament, em vaig asseure a la meva cadira i em vaig acostar cap a l'escriptori, sentint les galtes enrojolar-se.

Tot just vaig aconseguir evitar un somriure quan ell va sospirar.

"Què puc fer per tu, Robert?"

En el moment en què les paraules van sortir de la meva boca, vaig tancar els ulls i vaig prémer els llavis.

Maleïda relliscada freudiana.

"No cobro una tarifa, Erika, però si estàs disposada a pagar..."

"Va ser un error", vaig murmurar, fingint tornar a centrar-me en les pàgines impreses que s'estenien davant meu una altra vegada.

Al meu cap, li vaig pregar a mitges que se n'anés.

La companyia no era del tot desagradable.

Però volia fer aquest informe per poder anar a casa i submergir-me a la meva banyera d'hidromassatge amb una copa de vi i no pensar en res fins que sonés l'alarma dimarts al matí.

"Es resisteixen els números, eh?" va dir amb un suau riure.

Hi va haver un lleuger so de sabates voletejant sobre la catifa.

Un moment després, estava parat davant del meu escriptori.

Quan vaig tornar a aixecar la vista, tenia una cella aixecada, i el seu somriure es va eixamplar mentre es treia la jaqueta del vestit, col·locant-la al respatller d'una de les cadires de visita.

Vaig empassar saliva quan va lliscar la mà gran per la part davantera de la seva armilla grisa botonada, estirant els punys de la seva camisa de vestir blanca abans de seure a la cadira oposada.

Va creuar el genoll dret sobre l'esquerra i va ajuntar les mans a la falda.

Vaig intentar ignorar-lo mentre treballava, bevent de la meva llauna de refresc de tant en tant.

I la glòria sigui dita, els números van començar a tenir sentit.

No va passar gaire temps fins que finalment vaig poder començar a escriure el meu informe.

Ell no va parlar, però vaig poder sentir la seva respiració uniforme.

Sento els seus ulls a mi.

Tot i això, estava acostumada a això dels clients, de manera que l'atenció de Robert no em va desconcertar.

Ni tan sols quan vaig poder veure en la meva visió perifèrica que s'estava descordant lentament l'armilla i afluixant el nus de la corbata.

Em vaig mossegar l'interior del llavi quan ell va ajustar la seva posició i es va relaxar al seient, intentant no pensar-hi intentant amagar la seva excitació.

Amb els ulls fixos a la pantalla de l'ordinador, vaig assenyalar al meu informe d'on venien les nostres pèrdues i després vaig descriure una proposta per recuperar aquests fons en els propers dos trimestres.

Uns minuts més tard, la veu em va sorprendre, recordant-me la seva presència.

"Sembla que estàs treballant molt dur aquí, Erika. Fins i tot quan m'estàs mirant per la cua de l'ull. Creus que no m'adono d'aquestes coses?"

El nus a la gola va semblar aparèixer del no-res.

De fet, feia mal empassar-se, i aquesta vegada el refresc no va ajudar.

Una mirada ràpida cap a ell havia estat una mala idea.

Vaig prémer els ulls per un moment i després vaig parpellejar ràpidament per tornar a enfocar-me.

El cap de Robert estava decantat, la cantonada de la boca tremolant.

"Què passa? El gat et va menjar la llengua?"

Quan vaig seguir ignorant-ho, va fer un so " tsi , tsi , tsi ".

No vaig poder evitar una suau maledicció quan es va posar de peu i va caminar al voltant del meu escriptori, aturant-se directament darrere meu.

"Estàs treballant massa. És el cap de setmana. Hauries d'estar a casa o fos divertint-te, sense passar el temps a l'oficina".

En sentir-lo tocant la part inferior del meu cabell, em vaig estremir.

Els meus dits van tremolar sobre el teclat per un moment.

Fins i tot la meva respiració va ser inestable quan vaig exhalar.

Maleït sigui aquest home.

Havia estat a la meva ment durant dos mesos... des que els caps ens van presentar en una reunió corporativa.

Érem al mateix nivell d'autoritat, però de diferents departaments.

Els secrets de les nostres àrees ni tan sols es creuaven.

Tot i això, havia trobat una raó per passar per la meva oficina almenys una o dues vegades per setmana.

Però mai després d'hores.

I mai havia estat així... de llançat.

Sempre havia estat professional, però havia ballat al límit de la corda.

Secretament, vaig desitjar que es llancés una mica.

No per donar-me raons per denunciar-ho, sinó per saber amb certesa si realment estava interessat en mi... o si simplement li agradava fer ostentació de la seva virilitat.

Era l'única executiva a l'empresa.

La majoria dels homes semblaven estar d'acord amb aquest estat.

Un parell m'havien fet saber al voltant de la nevera d'aigua que pensaven que les dones pertanyien a l'altra banda de l'escriptori, però ningú no havia tingut el desvergonyiment de dir-me això a la cara.

Vaig resar perquè aquell moment no vingués mai de Robert.

I ara?

Tenia la sensació que finalment anava a veure el costat veritable de l'home que havia perseguit els meus somnis més d'una vegada.

Però, me'n penediria?

Estàvem sols

La resta de la planta era fosca més enllà de les finestres de la meva oficina.

I no hi havia raó perquè algú més fos a l'edifici a aquesta hora.

Els conserges no arribaven fins dissabte al matí.

I si les intencions de Robert no fossin honorables?

I si...

"Sembla que és possible que necessitis alleujar una mica l'estrès, no et sembla?"

La seva veu estava just al costat de la meva oïda, els seus llavis fregant-los lleugerament, fent-me panteixar.

Em va apartar els cabells mentre parlava.

I després em va mossegar el lòbul de l'orella.

"Contesta'm, Erika".

Foc i gel.

Aquesta és l'única manera com podria descriure el que es movia a través del meu cos davant les seves paraules... les seves accions.

No em podia moure.

Tot just respira r.

I definitivament no tenia una veu adequada per respondre-li.

Robert de sobte va recolzar les mans a cada costat de mi a l'escriptori, envaint més el meu espai.

Almenys tenia el prim respatller de la cadira entre nosaltres.

Ara com ara.

Em tremolaven les cames.

Gràcies a Déu, ja estava asseguda.

Això és el que estava esperant, no?

Vaig lluitar per no mirar-lo per por de perdre l'última mica de control sobre les meves emocions que tenia si ho feia.

Però no vaig poder evitar el petit gemec que va escapar dels meus llavis quan es va inclinar a un costat de la cara.

Els seus llavis van tocar la meva orella novament.

"Sé el que vols..." va xiuxiuejar, llepant el meu lòbul. "Que necessites."

Sense previ avís, va estendre la mà i va agafar el canell esquerre, suaument, però amb fermesa, traient-la de l'escriptori i portant-la darrere de la meva cadira.

Posant el dors de la mà al palmell, la va col·locar fermament a l'embalum de la seva cama.

Gimoteé més fort, prement els ulls.

Les meves dues mans també es van tancar instintivament, la meva esquerra es va embolicar encara més al voltant de la seva erecció coberta.

El meu cony es va estrènyer davant la sensació.

Va deixar anar un suau gemec i va tornar a posar la meva mà sobre l'escriptori.

La calor de la seva presència va semblar retrocedir, però no va aturar la tremolor que havia pujat a les espatlles.

El seu càlid alè encara acariciava la part posterior del meu coll mentre exhalava pesadament.

Un moment després, em voltejo lentament a la meva cadira per encarar-ho... deixant que els meus ulls estiguessin directament alineats amb la seva entrecuix.

Amb un panteix, em vaig recolzar a la cadira, llançant la meva mirada cap amunt només el temps suficient per veure'l llepant-se els llavis.

Després vaig seguir les seves mans que es van assentar a la cintura, descordant-se el cinturó de cuir.

Va descordar el botó tan lentament, que no estava segura de si realment ho havia fet fins que va baixar la cremallera.

Vaig sentir-ne un gemec quan vaig començar a respirar més irregularment i vaig llepar els meus llavis.

"I aquesta petita llengua humida? Déu, ets tan fotudament sexy, Erika", va grunyir, ficant la mà als seus calçotets.

Però es va aturar i va retirar la mà un segon després.

Amb els pantalons penjant seductorament dels seus malucs, va agafar els meus bíceps i em va posar fàcilment dempeus.

No hi havia temps per pensar.

Per expressar la meva dissidència.

Un segon estava contenint l'alè, al següent, els seus llavis càlids van pressionar els meus amb un fervor que mai abans havia experimentat.

Calor.

Passió.

Desesperació.

Fam.

Tot això s'arremolinava al meu cap.

Estava sentint tot això també?

La seva llengua va entrar a la meva boca, reclamant-la.

Els seus dits es van estrènyer als meus braços, apropant-me a ell.

El meu cap es va tirar enrere quan em va pressionar cap endavant mentre la resta del meu cos es recolzava contra ell.

Senteixo aquest bony en altres llocs ara.

Premsant-me.

Fregant-me.

Encenent-me.

Estava fonent-me en el seu petó quan, al meu gemec, em vaig trobar asseguda de nou.

panteixant.

Preguntant-me quins dimonis acabava de passar.

La respiració de Robert era erràtica.

I es va recolzar contra l'escriptori, agafant la vora amb les dues mans.

Mirant-me fixament, els ulls molt oberts.

Quan vaig baixar la mirada al pit lleugerament agitat, em va aixecar la barbeta.

Me la va sostenir.

Després va passar el polze sobre el meu llavi inferior abans de pressionar dins la meva boca per un segon.

Vaig aprofitar l'oportunitat i vaig llepar el dit, cosa que el va fer grunyir.

Va empènyer més endins.

Aviat, estava xuclant la punta del polze fins al primer artell mentre ell lentament el movia dins i fora de la meva boca.

La meva barbeta encara s'esqueia als seus dits.

Els meus ulls estaven enfocats als seus.

Tots dos estàvem fent suaus sons de plaer.

I el meu cony no deixava d'estrènyer-se.

En un moment, la seva mà va relliscar.

Va tirar de la meva barbeta per ajustar-me, i vaig caure endavant.

Vaig recuperar l'equilibri col·locant els meus palmells sobre les cuixes.

Just al costat del seu engonal.

Com a resultat, vaig gemegar i xuclar més fort el seu dit.

El seu assetjament de sorpresa va ser la seva única reacció mentre seguia empenyent el polze dins i fora de la meva boca.

Després va gemegar quan les meves mans van estrènyer els músculs ferms sota la roba.

Un moment després s'havia alliberat i s'estava posant dret.

Robert va ficar la mà als seus calçotets novament i després va deixar anar la seva polla ràpidament amb una forta exhalació.

La corona, d'aspecte vermell i excitat, descansava a uns centímetres dels meus llavis.

La punta brillava amb una sola gota perlada al centre.

La meva llengua va sortir de la boca d'anticipació.

"Vinga."

La seva aprovació aspra em va fer gemegar i llepar els meus llavis novament.

"Anem guineu."

El seu cos es va balancejar una mica quan els meus dits van reemplaçar els seus i van embolicar la textura vellutada del seu membre dur, mantenint-ho ferm.

Ell va gemegar en veu alta en el moment que vaig portar la punta de la meva llengua cap a l'ull de la seva polla.

Cap a aquesta perla.

Llepant-la i portant-la de tornada a la meva boca.

Assaborint la salinitat de la seva precum .

Ell era el que tremolava ara, recolzat contra la vora del meu escriptori, novament, per obtenir suport.

Augmentant el coratge a les meves venes, vaig llançar una altra lamida.

La part plana de la meva llengua, aquesta vegada, sobre la part plana del cap flexible.

Una altra maledicció d'ell em va animar més.

La meva tercera lamida va ser més audaç, girant al voltant de la corona.

Una ràpida mirada cap amunt, al seu coll estès i ulls tancats, va mostrar que el tenia on el volia tenir... a la meva mercè, encara que només fos per uns minuts.

Segellant els meus llavis al voltant de la seva corona a la següent llepa, vaig xuclar mentre premava suaument la meva mà al voltant del seu gran polló.

"Fotre, guineu com saps xuclar!"

Havia anticipat la seva empenta i vaig retrocedir, la seva polla es va deixar anar amb un suau esclat.

Després de respirar profundament, el vaig tornar a tenir a la boca.

Més profund ara.

Xuclant mentre acariciava.

Gimint quan va posar una mà sobre el meu cap i suaument va passar els dits pels meus cabells.

Movent la cadira cap endavant, em vaig delectar amb la sensació contrastant, dura i suau lliscant sobre la meva llengua.

La suau textura de la seva roba quan vaig passar la meva mà lliure amunt i avall de la cama ... al voltant per acariciar el darrere.

L'olor de mesc masculí a la pell cada vegada que el meu nas s'acostava a la base.

Però igual que amb el seu petó, es va apartar abans que jo estigués a punt per parar.

Deixant-me gemegant .

Després em va posar dret novament, on em vaig trontollar sobre els meus talons.

"Erika", va dir bruscament, llepant-se els llavis.

Buscant els meus ulls.

Sostenint-me contra ell pel meu braç dret, la seva mà lliure es va moure cap a la meva esquena i va lliscar cap avall, acariciant el meu darrere.

Davant el meu gemec, va capturar el meu llavi inferior entre les dents.

I després va succionar suaument mentre jo pressionava el meu cos contra el seu, aferrant-me als seus braços.

"Robert!" Jadeé quan de sobte em va aixecar pels malucs i em va asseure sobre el meu escriptori.

Va empènyer la meva faldilla estil llapis cap amunt i va separar les cames, interposant-se entre elles.

La seva polla descansava entre nosaltres, i vaig sentir la humitat de la seva precum amarant la meva brusa.

Amb una mà acariciant la meva cama dreta a través de les meves mitges fins a la cuixa, va fer fora la part posterior del meu cap i em va besar.

Molt dur.

Amb els ulls tancats, finalment em vaig enfonsar a la seva abraçada, les meves mans vagant per ell.

Tocant-li les espatlles.

Sentint els seus músculs flexionar-se i relaxar-se.

La calor irradiant a través de la camisa.

Després era a la part posterior del seu coll.

El seu cabell em va fer pessigolles a la punta dels meus dits mentre la seva llengua saquejava la meva boca.

Una de les meves sabates va caure amb un espetec quan vaig intentar embolicar la meva cama al voltant de la seva.

Ell també estava en moviment.

Agafant el meu altre genoll, que va fregar contra el maluc.

Apretant-me suaument el clatell, fent-me arquejar i gemegar.

Després va acariciar el costat del meu si abans de prendre'l al palmell i prémer-lo més fort.

El seu polze em va acariciar el mugró a través de la brusa i la sustentació.

Al meu estómac, vaig poder sentir la seva polla bategant.

Dura i calenta.

Encara agafant la part posterior del seu coll amb la meva mà esquerra, vaig lliscar la meva dreta entre nosaltres i vaig embolicar els meus dits amb picor al voltant de la seva polla just sota la corona.

Després vaig passar el rovell del polze cap endavant i cap enrere sobre la punta, untant el líquid fi allà.

Burlant-me més de la raja.

Robert va mossegar el meu llavi inferior novament, arrossegant-lo a la seva boca on el va xuclar.

El va torçar amb la llengua.

Després va tornar a cobrir els meus llavis amb els seus.

Convidant la meva llengua a ballar.

Com més em besava, més grunyia.

Com més em besava més m'ondulava contra ell.

La suor es formava al clatell sota els meus dits.

També podia sentir-ho entre els meus omòplats.

Un cop més, es va fer enrere, però només a les nostres boques.

Va recolzar el front contra la meva, el seu alè calent a la cara.

Vaig seguir jugant amb la seva polla, la meva mà esquerra recolzada darrere meu ara.

"Tu... ets... una... puta... juganera", va panteixar, encongint-se i besant-me suaument.

Quan va lliscar la mà sota la meva faldilla a la cuixa, ho vaig deixar anar i vaig haver de posar la meva altra mà darrere meu, també, per recolzar-me.

Després vaig ser la que es va mossegar el llavi inferior perquè els seus dits acariciaven més cap a dins.

"Merda!" Tot el meu cos es va sacsejar quan el seu artell va fregar el meu cony cobert per les calces.

" Estàs sensible", va riure entre dents.

Fregant els seus llavis a la cantonada de la meva boca, em va colpejar amb els artells tres vegades més.

A cada cop, pressionava més fort.

"Mmm. Erika?"

"Eh què?" Vaig parpellejar i vaig intentar empassar.

"Estàs molt mullada, estimada puta".

Els meus braços es van rendir i vaig caure enrere sobre l'escriptori amb un grunyit.

En sentir un dit acariciant la part exterior del meu cony sota les meves calces, els meus ulls van girar enrere.

La meva mandíbula va caure, i la meva veu va quedar atrapada al fons de la meva gola.

"Que rica estàs", va murmurar.

En la meva visió perifèrica, vaig veure Robert desaparèixer.

Un segon després, una mica humit va córrer pel meu cony.

Finalment vaig cridar, adonant-me que era la seva llengua.

Aleshores estava arraulint.

Arquejant la meva esquena.

Torcent els meus malucs.

Colpejant els palmells de les mans amb els papers escampats sota mi.

A sota, m'havia tret les calces i m'estava atacant amb un arsenal de llavis, dents i llengua.

Però mai res de penetrant.

I, tanmateix, això és el que el meu cos pregava silenciosament.

Alguna cosa... qualsevol cosa...

Bé, no qualsevol cosa.

Volia la polla, però em conformaria amb un dit o dos de moment.

Tot i això, no podia llegir la meva ment.

I malauradament, no vaig poder trobar les paraules per dir-li directament.

La meva altra sabata va caure a terra quan ell va agafar el meu turmell i va sostenir la meva cama cap amunt i cap a fora.

Em vaig recargolar més davant la sensació d'ell colpejant i envoltant el meu clítoris amb el que probablement era el seu polze.

I en realitat vaig cridar quan lentament va llepar el meu cony de dalt a baix.

Feu broma amb el meu anell del darrere atapeït i sensible per un moment abans de començar de nou.

Vaig murmurar una filera de paraulotes intercalades amb panteixos.

Ell va gemegar i va deixar anar la meva cama després de col·locar-la sobre la seva espatlla.

Un segon després, vaig sentir un parell dels seus dits lliscar pel mateix camí que la seva llengua havia fet abans de pressionar-me.

"Robert!"

Les meves mans es van estrènyer als meus costats, tot el meu cos retorçant-se sobre l'escriptori.

Atrapada entre mirar d'allunyar-me del seu toc i de seguir la mà quan va començar a retirar-se només per empènyer de nou.

Diverses coses van ressonar quan van caure de l'escriptori en el procés.

El seu profund riure de resposta em va dir que havia aconseguit la reacció desitjada.

Va continuar al mateix ritme, burlant-se i torçant els desitjos en mi.

Cada vegada que la meva cama començava a relliscar, ell atrapava la part posterior del meu genoll al revolt del colze i la tornava a col·locar sobre la seva espatlla.

No vaig trigar gaire a arribar, panteixant i maleint el seu nom.

Rodant el meu cap de banda a banda sobre l'escriptori.

Prement i deixant anar una mà sobre els seus cabells ara.

L'altre estava fent massatges distretament el meu si a través de la meva brusa com solia fer-ho quan estava sola.

La meva ment encara estava borrosa uns minuts després.

Respirar era una tasca.

Era conscient que ell baixava el peu, però no podia tancar les cames ja que encara estava parat entre les cuixes.

Es va moure de banda a banda per uns segons abans que els seus dits acaronessin els meus sensibles llavis inferiors, fent-me estremir.

Després es va tornar a retirar.

Un moment després, va aixecar el meu cap directament sota la meva orella, el polze acariciant l'elevació del meu pòmul.

La dolça aroma dels meus sucs familiars va arribar al meu nas.

"Erika?"

Vaig murmurar alguna cosa... vaig obrir els ulls breument per veure el seu rostre col·locat davant del meu.

Estava prement la mandíbula?

"Vols més?"

Vaig parpellejar aquesta vegada.

Em va passar la llengua pels llavis.

Vaig intentar parlar, però vaig acabar assentint.

Va deixar anar un suau grunyit.

"Digues-ho."

El meu cony es va estrènyer i els meus ulls es van enfocar momentàniament.

La meva veu era aspra quan vaig parlar.

"Sí. Fóllame, Robert".

Els seus ulls semblaven brillar.

Va respirar fondo i em va donar una breu inclinació de cap.

Mantenint la mà a la galta, vaig sentir que tornava a apartar les meves calces amb la mà esquerra abans que la polla toqués el meu cony.

Pressionat cap endavant.

Me la va ficar.

Grunyim en tàndem quan ell va lliscar dins.

Lentament estirant-me centímetre a centímetre.

I després el seu engonal descansava contra la meva.

Va donar una ràpida empenta dels seus malucs, entrant una mica més profund, cosa que va fer que el meu coll s'arquegés cap enrere i les meves mans es disparessin per agafar els seus braços.

Vaig ronronejar quan ell es va apartar i va empènyer cap endavant novament.

Va accelerar una mica.

Establint-ne el ritme.

La meva respiració irregular es va tornar més tensa.

No podia deixar de llepar-me els llavis.

Tan a prop.

Estava tan fotudament a prop de nou.

El seu avantbraç esquerre descansava sobre mi, els dits fregaven els cabells.

Vaig girar el cap cap al seu toc i vaig tancar els ulls.

Gimant quan la seva altra mà va fer fora i va acariciar el meu pit o maluc a través de la meva roba.

"Correu-vos per a mi."

Va pressionar els seus llavis contra el meu front i va agafar el meu genoll, arrossegant-la fins al maluc novament.

La meva esquena es va arquejar en un espasme per les seves paraules.

Em vaig quedar bocabadat a buscar la manera com em va acariciar deliberadament, tant per dins com per fora.

Va seguir empenyent-me més enllà d'aquell precipici.

Abocant-me per sobre.

I després vaig escanyar el seu nom, posant-me rígida abans que el meu cos girés a la dreta i després a l'esquerra.

Murmurant paraules que mai havia pronunciat abans... probablement ni tan sols sabia el que significaven.

Diables, probablement ni tan sols eren paraules reals.

"Déu, ets tan bonica, Erika".

El panteix de Robert es va tornar encara més laboriós.

Els sons que estava fent eren intoxicants.

Em van mantenir retorçant-me sota ell.

Crec que em vaig venir una segona vegada, o va ser una tercera?

Abans de sentir-ho tensar-se.

Va empènyer més fort.

I després va grunyir el meu nom abans de deixar caure el seu cos sobre el meu.

La calor del seu cos es va filtrar a través de les capes de la nostra roba humitejada en suor.

El seu cor bategava tan salvatgement com el meu contra el meu pit.

O potser va ser meu el que vaig sentir.

Després, la seva mà es va estrènyer lleugerament als meus cabells, el seu polze acariciant distretament el meu front.

Vaig alternar entre empassar aire i humitejar-me els llavis.

Vaig passar la meva mà amunt i avall per la part posterior del seu braç esquerre, que havia ficat al meu costat després del seu alliberament, una vegada que em vaig recuperar prou com per recordar qui érem... on érem.

Una rèplica va sacsejar la meva esquena baixa, fent que les meves extremitats es contraguessin.

El meu cony es va prémer i la seva polla es va recargolar dins meu.

Tots dos gemeguem.

Va aixecar el seu pes de sobre meu, besant-me suaument abans d'aixecar-se del tot.

Em vaig mossegar el llavi per un altre espasme en la seva retirada total, contenta que encara tenia l'escriptori a sota meu per recolzar-me.

Hipnotitzada, vaig mirar l'home que havia tingut al meu radar des del primer dia.

Se'm va acudir que ell havia estat pensat en tot això, ja que va venir preparat, mentre el veia treure el condó gastat, embolicar-lo en un parell de mocadors i llençar el paquet a la meva paperera.

Es va quedar davant meu quan es va guardar la polla i es va ajustar els pantalons.

Esperava que ell acabés d'arreglar la roba, que potser passés la mà pels cabells lleugerament desordenats.

Però em va sorprendre quan em va somriure i va posar una mà darrere de la meva espatlla, ajudant-me a col·locar-me.

A aixecar-me.

Prenent el meu rostre a les dues mans, em va besar suaument.

Després va fer un pas enrere i va inclinar el cap mentre jugava amb els meus cabells.

Va ajustar la meva brusa sobre les meves espatlles i em va allisar amb les mans pel front sobre els meus pits.

Em va redreçar la faldilla amb una altra mà sobre el meu darrere, fent-me tremolar i somriure com una ximple.

"Estàs presentable de nou".

La seva veu era molt suau.

I el seu somriure tort i els seus ulls brillants delataven que probablement encara estava baixant de l'adrenalina també.

Quan vaig estar segur del meu equilibri, va fer servir els meus peus per voltejar els talons cap amunt i apuntar-los en la direcció correcta per poder lliscar les sabates novament.

De manera absent, feu lliscar les mans pel meu cos des dels pits fins al cul per assegurar-me que tot se sentia bé com si ell no ho hagués fet ell mateix.

Després vaig tornar els meus ulls al meu escriptori i vaig arrufar les celles.

El meu full de càlcul de grans dimensions estava arrugat.

Hi havia una barreja de caràcters que semblava un idioma estranger a la pantalla de lordinador.

I faltaven la grapadora i la galleda de llapis.

Almenys havia tingut la intel·ligència de guardar el meu informe abans que em seduís.

Els elements abans esmentats van reaparèixer sobtadament amb dues grans mans masculines posicionant- vos a prop del meu ordinador.

Aquest havia estat el soroll que havia sentit abans.

Gairebé en càmera lenta, vaig aixecar el cap, observant com li quedava de bé l'armilla a mida abans de fixar-me en la seva fosca mirada.

Durant un llarg moment, Robert i jo ens mirem l'un a l'altre.

La comissura de la boca encara estava plegada.

Em vaig adonar que el meu pols encara estava accelerat.

Després d'arribar cegament darrere meu, vaig trobar un dels reposabraços i vaig tornar a col·locar la cadira al seu lloc.

No va ser sinó fins que em vaig asseure i em vaig tornar per esborrar el galimaties que estava escrit a l'ordinador que va parlar.

"Què estàs fent, Erika?"

Vaig mirar de banda a banda entre ell i el monitor un parell de vegades.

"Acabar el meu informe que vas interrompre. S'ha de lliurar dimarts al matí i no me'l portaré a casa aquest cap de setmana".

Va estirar els punys de la camisa de vestir i de les puntes de la seva armilla abans de seure a la mateixa cadira de visita que abans i va creuar el genoll dret sobre l'esquerra.

"Uh, què estàs fent, Robert?"

Va ajustar el nus de la seva corbata de marca perquè estigués més a prop del seu coll i després va ajuntar les mans a la falda.

"Esperant que acabis el teu informe".

Vaig arquejar una cella.

"Per què?"

Robert em va fer un somriure elegant.

" Per portar-la a sopar, és clar, abans de continuar amb això en un ambient més còmode per a l'exploració del darrere. Si això li agrada, senyora Sanders".

Amb un salt al meu pols i una contracció a la cantonada dels meus propis llavis, vaig tornar al meu monitor.

"Molt bé, senyor González. Hauria d'haver acabat aquí al cap de cinc minuts".

FI

Milton Keynes UK
Ingram Content Group UK Ltd.
UKHW010615291123
433416UK00001B/121

9 798223 025368